徳間文庫

ものだま探偵団

ふしぎな声のする町で

ほしおさなえ

徳間書店

目次

1話

ふしぎな声のする町で

2話

駅のふしぎな伝言板

1話

ふしぎな声のする町で

1　引っ越し

なんて長い坂なんだ。

これだけがんばったのに、ちっとも進んでない。まだ坂の三分の一、いや、四分の一ぐらいかも……。

立ちどまり、トランクをじっと見た。重い。しかもキャスターがこわれていてうまく回らない。

はあっ、とため息をつく。息が切れ、手も足も、もうがくがくだ。携帯電話も充電が切れてるし、このトランクを引きずって、たったひとりでいったいどうすれば……。

わたしは桐生七子《きりゅうななこ》、小学五年生になったばかり。今日、この坂木町《さかきまち》に引っ越してきた。もちろん、ほかの荷物は全部段ボール箱につめて、引っ越し屋さんが運んでいった。なのになぜ、わたしがひとりでこのトランクを運んでいるのかというと……。

ほんとうは、春休みに入ったらすぐに引っ越しするはずだった。でも、引っ越し屋さんがこんでいて、結局今日になってしまったのだ。あしたはもうあたらしい学校の始業式だ。

お父さんは博物館の学芸員で、資料や専門書を山ほど持っている。お母さんも、もと図書館司書で、本が大好き。おかげでわたしも、めでたく本好きになり、その結果、うちには大量の本がひしめいている。

さらに、お母さんは本以外のものも、なかなか捨てない。家具でも食器でも、むかしのものをずっと使い続けている。それでよく、お父さんから「お母さんは物持ちがいいから」と笑われている。

というわけで、うちはふつうの家にくらべて、やたらとものが多く、いつまでたっても荷造りが終わらなかった。

多めに持ってきてもらったはずの段ボール箱も、ゆうべの十時ごろ、全部使いきってしまった。近所で段ボール箱が買えるような店はとっくに閉まっている。お父さんが車で探しに出たが、なかなか帰ってこない。

わたしの分の箱もなくなってしまった。しかたがないから、本は丈夫そうな紙袋に入れた。

でも、まだ押し入れの奥にいろんなものが残っている。小さいころにお気に入りだった絵本、むかしの日記やアルバム……その他もろもろがごっそり出てきた。

どれもこれも、捨てられない。なにか入れ物はないか探していて、お母さんのトランクを見つけた。

「お母さん、このトランク、使っていい？」

床にすわって荷物をつめているお母さんに、うしろから話しかけた。

「いいけど……なにに使うの？」

お母さんは手を動かしたまま、ふりかえらずに言った。

「荷物、入れるんだよ。むかしの本とかアルバムとか……たくさん出てきて」

「そうか。捨てられないよね」

お母さんはため息をつき、立ちあがった。まだ片づいていないタンスのひきだしをあけ、なにか探している。

「あった、あった。これ」

そう言って、小さな鍵をさしだした。

「はい、これ。トランクの鍵」

「鍵は……別にいらないよ」

「金具がちょっとおかしくなってて、ちゃんと鍵かけないと、ぱかってあいちゃうのよ」

「そうなんだ」

鍵を受けとり、トランクをあけた。絵本にアルバム、ぬいぐるみ。ずっと押し入れに入れていたけど、なんだかなつかしい。早くつめなければと思いながら、ついついながめてしまう。

結局、自分の荷物をつめ終わったときには、もう十二時をすぎていた。眠くてたまらなかった。お母さんは首にタオルをかけ、もくもくと荷物の山と格闘中で、とても声をかけられる雰囲気じゃない。それで、ひとりで和室に行き、そのまま倒れるように寝てしまった。

がたがたいう音で目をさまし、目をこすりながらリビングに出ると、知らないおじさんがすごい勢いで荷物を運んでいた。

うわっ、と叫び声をあげ、和室に引っこむ。一気に目がさめた。まだ顔も洗っていないし、髪もぼさぼさ。おじさんと目が合って、はずかしくてたまらなかった。

「七子、起きたのか。すまん、起こしにいく余裕がなくて……。もう引っ越し屋さんが来てるんだ。早く支度しろ」

お父さんの声がした。

時計を見ると、まだ八時前。どういうこと？　引っ越し屋さんが来るのは九時だったんじゃないの？

でも、そんなこと言ってる場合じゃない。なんだかわからないけど、もうはじまってしまっているのだ。あわてて着替え、顔を洗った。

「お母さんは？」

ぞうきんを持って部屋のあちこちを回っているお父さんに声をかける。

「もう出たよ」

そっけない答えが返ってきた。そういえば、あたらしい家にガスや電気の業者の人が来るから、お母さんだけ先に七時半に出るって言ってたっけ。

きのう、お父さんは、わたしが寝たあとすぐに帰ってきたらしい。二十四時間あいている郵便局で小包用の段ボール箱を大量に買ってきた。それからお母さんとふたりで、残りの荷物をつめはじめた。

箱づめが終わったときは、もう六時になっていた。へとへとになったお父さんとお母さんは、少しだけ寝ることにした。だが、寝たと思ったとたん、引っ越し屋さんからの電話でたたき起こされた。次にもう一件仕事が入ってしまったので、予定より一時間ほど早く引っ越し作業をはじめさせてほしい、と言われたのだ。

お父さんもお母さんもあわててとび起きた。最後のそうじとゴミ出しをすませ、お母さんはばたばたと車で出かけていった。

お母さんが出たと思ったら、入れ替わりで引っ越し屋さんが到着。まだ八時前なのに、どんどん荷物を運びだしはじめた……ということらしい。

引っ越し屋さんは全員どこか外国の人らしく、日本語ができるのはリーダーひとりだけ。その人だって片ことだった。お父さんがなにか頼むと、リーダーが外国語にしてほかの三人に伝える。

ものすごいスピードで荷物が運ばれていく。信じられないほど早かった。みんな、本がぎっしり入った段ボール箱を三個も積んで、軽々と持ちあげるのだ。お父さんは二個でも無理だったのに。

「これは、曲芸レベルだね」

感心したような声でお父さんが言った。リビングに何段も積まれていた段ボール箱は、あっという間になくなっていった。

そして……。悲劇が起こったのは、そのあとだった。

「そうだ、忘れてた。お母さんに頼まれてたんだ。七子、おとなりに暖房を取りにいってくれないか？」

「暖房？」

「そう。オイルヒーターだよ。おとなりにかしてただろ？」

「ああ、あれか」

そういえば二カ月ほど前、おとなりのエアコンがこわれてしまい、うちで使っていないヒーターをかした。あたらしい家は一軒家だから、またヒーターを使うかもしれない。だから引っ越し前に返してもらうことになっていた。

お母さんはきのうの夜そのことを思いだしたのだが、時間が遅すぎた。それで、明日の朝、取りにいかないと、と言っていたらしい。

「引っ越し屋さんが作業してるあいだ、お父さんはここにいないと。七子、行ってきてくれないか？」

もう箱の方はほとんど終わり、家具の運びだしがはじまっていた。さっさと取りにいかないと、置いていかれそうだ。

「わ、わかったよ」

わたしはあわてておとなりに行った。

おとなりはまだ起きたばかりみたいで、ヒーターを出してくるのに少し時間がかかった。ようやく受けとって、外のろうかをよたよた歩いていると、引っ越し屋さんが走ってきて、なにも言わずにヒーターを受けとり、軽々と持ちあげ、走っていった。

遠くからエンジンの音がした。あわてて走った。わたしが着いたときには、もうトラックが出ていくところだった。

「さあ、おれたちも行くぞ」

トラックが出るとすぐ、お父さんが言った。

「え、もう?」

「しかたないだろ? あのトラックより先に着かないとまずい。お父さんの本はどこになにが入っているか、つめたお父さんにしかわからない。すぐ使う本もあるし……」

たしかにあの調子では、中身に関係なく全部いっしょくたに積みあげられてしまいそうだ。

「さあ、出発だ」

お父さんは自分のカバンを持って部屋を出た。

最後、もうちょっと、ちゃんと部屋とお別れしたかったな。なにもなくなった部屋で、記念写真を撮ったり……。そう思いながら、わたしもしかたなく部屋を出た。

駅に行くバスに乗る。お父さんは、よっぽど疲れていたんだろう、もう、うとうとしはじめている。きのうからずっと、大変だったからなあ。わたしも少し眠くなってきた。

——忘れ物よ。

どこからか、声が聞こえたような気がした。

忘れ物？

なぜか、トランクが頭にうかんだ。そういえば……あのトランク、ちゃんと積んでくれたのかな。オイルヒーターを取りにいっていたせいで、積むところ、見ていなかった。

「お父さん」

肩を揺すって声をかける。

「な、なんだ」

お父さんは、はっと目をさました。

「ねえ、お母さんのトランク、ちゃんと積んだよね？」

「トランク？」

お父さんは、なんだっけ、という顔をしている。

「だから、あったでしょ？　わたしの荷物のなかに、お母さんの、革のトランク」

「あ、ああ……ええと、どうしたんだっけ？」

すぐには思いだせないみたいで、腕組みしている。

「あのときはなんかいろいろ、ごちゃごちゃしてたからなあ……。あの革のトランクだろ？　えーと……」

お父さんが、うーん、とうなる。

「もしかしたら……。古い傘とかワゴンとかといっしょに、捨ててくださいって言っちゃったかも……」

思いだしたように言った。

「え？　えええーっ？」

わたしは思わず悲鳴をあげた。

「しまったなあ。あのトランク、お母さん、大切にしてたんだっけ。引っ越し屋さんがあまりにもせかすから、混乱しちゃって、つい……」

「嘘でしょ？　なかにわたしの……大事なものが入ってるんだよ」

「ええっ？」

今度はお父さんが声をあげた。

なんてことだ。頭のなかが真っ白になった。

「大事なものって、なんなんだ？」

「むかしのアルバムとか、絵本とか、ぬいぐるみとか……」

「ってことは、いまいるものじゃないんだろ？」

「それはそうだけど……」

泣きそうになる。ゴミ置き場に運ばれたんだとしたら……。もうすぐ回収車が来る時間だ。

「あのトランクは大きいから、粗大ゴミにしないと回収されないかもしれない。残ってるかどうか、あとで管理人さんに電話で訊いてみるよ。もしあったら、宅配便で送ってもらおう」

「もし、なかったら？」

「残念だけど、あきらめよう。トランクのことは、お父さんがお母さんにちゃんとあやまるから」

「わたし、もどる」

わたしは叫ぶように言った。

「え？」

「まだ回収車は来てないかも……。いまならまだ間に合うかもしれないから……」

そう言って、停車ボタンを押した。

「ちょ、ちょっと待てよ」

お父さんがあせって言う。

「お父さんはもどれないよ。いまここでもどったら……」

「いいよ、ひとりで行くから」

「って言われても……。だって、そのあと、どうするんだ？　あたらしい家までひとりで来られるのか？」

お父さんがごちゃごちゃ言い続けている。

バス停が見えた。

「えーと、前に一度行ったし、大丈夫」

「大丈夫って、あのときは車で行ったんじゃないか」

お父さんが言う。バスがとまり、ドアがあく。

「携帯持ってるし、大丈夫だってば」

あわてて立ちあがり、出口に急いだ。

「駅に着いたら電話するんだぞ」

うしろからお父さんの声がしたが、ふりかえらずバスをかけおりた。

ぎりぎりセーフだった。ちょうど、ゴミの回収のおじさんがトランクを回収車に運ぼうとしているときに、アパートの前にたどりついたのだ。

よかった。間に合った。トランクを取りもどして、ほっとした。

目の前に、いつものアパートが、いつもとかわらず立っていた。

もう一度、行ってみようかな、部屋に。

ふと思いついて、入り口に近づいた。

行ってみよう。もしかしたら、ほかにも忘れ物があるかもしれないし。

鍵はかけてなかったはずだ。

アパートの入り口にトランクを置いて、ろうかを歩きだした。

いつのまにか走っていた。うちの前に着き、ノブに手をかける。なぜか少しどきどきした。

ノブがまわり、ドアがあいた。がらんとした部屋が、目の前に広がった。家具のあったところは、カーペットも壁紙もほかより色が濃い。

知らない空き家みたいだけど、まちがいなく、きのうまで住んでいた部屋だ。

あっ、と思った瞬間、涙が流れていた。

生まれたときから住んでいた部屋だ。狭いとか、自分の部屋がないとか、いろいろ気に入らないところはあったけど、わたしの育った家。

お父さんとお母さんと、わたしの家。

もう「ただいま」と言って、この家に帰ってくることはないんだ……。

全部の部屋を回り、携帯電話でぱしゃぱしゃ写真を撮った。リビングにもどって、もう一度床にすわり、目を閉じる。

いろんな音がした。風の音。水の流れる音。だれかがろうかを歩く音。聞き慣れた音ばかり。

目を開き、深呼吸する。

行かなきゃ。

立ちあがり、玄関を出た。ばたん、と音がして、ドアがうしろで閉まった。

というわけで、大事なものの入ったトランクはなんとかぎりぎりで助けられたんだけど、そこから先がまた大変だった。

トランクが……動かないのだ。四つあるキャスターのうちのひとつが、なぜか回らなくなっていた。なんで？　きのうはなんともなかったのに……。

トランクには、荷物がいっぱいつまっている。つまり、とても重い。四つのうち三つは動くから、かたむければなんとか動く。でも重いので、かたむけたままころがすのは、けっこうむずかしかった。

ななめがけにしているカバンも、意外と重い。最後、つめわすれていたものを全部つっこんできたからしかたない。

家からバス停まで歩くのにいつもの倍以上時間がかかり、バスにトランクを乗せるのにひと苦労。

電車に乗るときは、ホームと電車のあいだがかなりあいているので、どきどきした。どうしよう、と思っていると、横にいたおじさんが、よっこいしょ、と言ってトランクを持ちあげ、電車に乗せてくれた。

「あ、ありがとうございます」

あわてて頭を下げる。

「ずいぶん重いね。なにが入ってるの？」

おじさんはくすっと笑って、奥に進んでいった。

それから二回、乗りかえなくちゃいけなかった。乗りかえのたびに悲鳴をあげそうになりながら、なんとか引っ越し先の駅に到着した。

ところが。

電話をかけようとして取りだすと、なんと……。

「充電、切れてる」

嘘でしょ？　そういえばきのうの夜、充電するの、忘れてた。さっき写真を撮りすぎたのもまずかったみたいだ。

アウトだ……。

駅から家まではそんなに遠くない。簡単に歩ける距離だとお母さんは言っていた。前に車で来たとき、駅前も通った。道もそんなにむずかしくなかった。駅を出て、坂をのぼり、右に曲がる。そのあとはずーっとまっすぐ行き、大きなお寺の角で左に曲がる。そこまで行けば、もうすぐだ。行けば思いだせる。

そう思って歩きだしたけど、最初ののぼり坂で、いきなりばてた。車でのぼったときは一瞬のような気がしたのに、歩くと、永遠かと思うくらい長い。

泣きたかった。トランクを置いたまま、すわりこんでしまった。

2　坂木町《さかきまち》

「なにしてるの？」

そのとき、うしろから声がした。ふりむくと、女の子がいた。三、四年生くらい……かな。ぼさぼさのおかっぱ頭の子が、くるっとした目でこっちを見おろしている。

「あ、えーと……荷物を運んでるんだけど……」

しゃがんだまま、ぼうっと答える。

「それは見ればわかる。で、どこまで行くの？」

女の子はあきれたように言った。年下にしては態度が大きい。

「家」

疲れきっていたこともあって、ぶっきらぼうな言い方になってしまった。

「ひとりなの？」

「うん……そう……」

細かいことを説明する気力もなく、ただうなずいた。

「しかし、いまどき革のトランクとはね」

大きなお世話だ。女の子がちょっと腰を曲げて、トランクの前に顔をつきだす。

背中には、ベージュの布でできた大きなリュックを背負っている。でも、ぺっちゃんこで、なかはたいしして入っていないみたいだ。

「へえっ」

なぜか突然、女の子が目を丸くした。

「そりゃ、大変だったねえ」

話しかけるように言って、トランクをなでている。

大変だったね、って……。なんでトランクに向かって話しかけてるの？　だいたい、大変なのはトランクを運んでいるわたしであって……。

「あなた、何年生？」

わたしはその子に訊いてみた。

「わたし？　今度小五だけど？」

文句あるの、と言いたげな顔でその子が言った。

同い年？　嘘！

「あなたも同い年でしょ？」

その子が言った。

「あ、う、うん」

うなずいてから、あれっと思った。わたし、まだなにも言ってないのに、なんで同い年だってわかったんだろう？

「あのさ、ちょっといいかな？」

その子がいきなり、ぐいっとトランクの持ち手をにぎった。

「ちょっと、倒すよ」

「え？」

「大丈夫、気をつけてやるから。って言っても、なかはこわれるものじゃないから、いいよね」

そう言ったと思ったら、トランクを横倒しにした。

こわれるものじゃないって、どうして、なか見てないのに、わかるの？

「あけるの？　だったら……」

バッグのなかから鍵を出そうとすると、その子は首を横に振った。

「ううん、わたしが見たいのはこっち」

キャスターを指さす。しゃがんで、顔をぐっとキャスターに近づける。

「ああ、なるほど、これね。うーん……」

その子はキャスターに指をつっこんだ。

な、なんで？　この子、キャスターがこわれてること、知ってるの？

「あのさ、ピンとか……なにか細いもの、持ってない？」

片手をつきだし、訊いてくる。

「ピン？　あるよ」

髪をとめていた黒ピンをはずし、女の子の手のひらに載せた。

「うん、これでいける」

女の子はピンでキャスターのまわりを、カチャカチャつつく。

「取れた」

そう言って、手のひらを開いた。見ると、小さなビーズが載っている。

「こわれてたわけじゃないんだよ。このビーズがはまりこんじゃってただけ」

女の子が笑った。そういえば……さっきアパートの入り口に、ビーズがたくさん散らばっていた。だれかが落としたんだろう。そのうちの何個かがつまって、動かなくなっていたらしい。

「あ、ありがと……」

あっけにとられて、そう言うしかなかった。

「よかったら手伝うよ、トランク運ぶの」

「え？　いいの？」

「いいよ、別に。これも仕事のうちだしね」

「仕事？」

「あ、ううん、なんでも……。それより、家、どこ？」

なんなんだろう、この子。初対面なのになれなれしいし、態度も大きいし……。悪い子じゃなさそうだけど。それに、仕事って、なに？

「それが……実は今日引っ越してきたところで、よくわかんないの。駅からそんなに遠くなかったと思うんだけど」

「住所は？」

そう訊かれて、ポケットから紙切れを取りだした。

「えーと、坂木町《さかきまち》三丁目……」

お母さんが書いた住所を読みあげる。

「あ、あのへんね」

女の子は、わかった、という顔になる。

「だったらバスに乗ろう。停留所三つだけど、荷物が重そうだし。最初のバス停は坂の上だから、そこまで歩くより、駅にもどった方が早いよ」

女の子はさっさと駅に向かって歩きはじめた。あわててあとを追う。キャスターはなめらかに回り、ゴロゴロ音を立ててトランクが動きだす。くだり坂だし、あんなに大変だったのが嘘みたいだ。

「まったくねえ。駅のこっち側、いきなり急なのぼり坂だから」

女の子は頭をかきながら、ふうう、とため息をつく。

「でも大変だったね。そのトランク、トラックに置いていかれちゃったんでしょ？」

バス乗り場に着いたとたん、女の子が言った。思わずうなずいてから、はっとする。

わたし、そんな話、したっけ？

「え？　どうしてわかったの？」

「どうして、って……自明じゃない？」

ちっとも自明じゃないよ、と思った。

「だって、引っ越しなのに小学生がひとりでトランク運んでるんだよ？　おまけに、家までの道もちゃんとわかってない。なのに、むかえが来るわけでもない。つまり、この事態はなにかのトラブルで突発的に起こった可能性が高い。さらに、携帯電話がこわれたか、充電が切れたかして、親と連絡がつかなくなってしまった……ってとこかな」

すごい……。当たってる……。

でも、ほんとになんなんだろう、この子。「事態」とか「突発的」とか、妙にこむずかしい言葉を使う。それに、このもったいぶったしゃべり方……。

「では、そのトラブルとはなにか。あやしいのは、どう考えても小学生がひとりで運ぶのには不自然な、そのトランク。ふつうならほかの荷物といっしょにトラックで運ぶはず。で、トラックがトランクを積みわすれていったことに途中で気づいて、ひとりで取りにもどったんだろう、と」

女の子がにやっと笑う。見事な推理に、思わず拍手しそうになった。

そのとき、わかった。

もったいぶった口調、こむずかしい言葉、自信たっぷりの態度。そして、謎めいているようで、鋭いことを言う、この感じ……。

これは、名探偵だ。ミステリーに出てくる名探偵のしゃべり方じゃないか。

「バス、来たよ」

女の子の声がした。バスがとまり、ドアが開いた。

なかはがらがらだったので、運転手さんが、トランクは出口の近くに置いておいていいよ、と言ってくれた。ころがっていかないように横にして置き、うしろのふたりがけの席に女の子と並んですわる。

駅前の商店街を抜けると、木や畑が目立つようになった。東京っていっても、いなかだな、と思った。

窓の外に竹やぶが広がった。その奥は神社みたいだ。この町には神社や寺が多いんだ、とお父さんが言っていたのを思いだした。歴史のある町で、古代の遺跡もあるらしい。

そもそも、わが家がこの町に引っ越してくることになったのは、その遺跡があるからだった。

何年か前、坂木町の大きな工場跡地から、それまで知られていなかった遺跡が見つかった。縄文時代という古い時代のものらしく、「日本古代史の画期的発見」とニュースにも取りあげられた。

その後、調査が進んで、遺跡の保存が決まり、となりにあたらしく、遺跡博物館ができることになった。館長は、お父さんの大学時代の先生。お父さんはその先生に誘われて、それまで働いていた博物館をやめ、あたらしい博物館に勤めることになったのだ。

博物館のオープンは今年の四月末だけど、準備のために、お父さんは去年の春から坂木町に通いはじめた。

坂木町は遠くて、通勤には一時間半以上かかった。残業も多いし、電車が早くなくなってしまうので、帰れない日も続いた。いっそ坂木町にアパートを借りて、単身赴任するか、と冗談っぽく言っていた。

だけど……。冬になって、お父さんは館長から、坂木町に引っ越してこないか、と言われた。館長の知り合いがよそに引っ越すことになり、家があく、というのだ。古いけれども、庭つきの一戸建てで、いま住んでいる賃貸アパートよりずっと広いらしい。

――このアパートもそろそろ次の契約更新だし、ぼくもこの先あの博物館から動くことはないと思うんだ。いつかは家を買うつもりだったんだし、この際、考えてみないか。

いた。


——そうねえ。坂木町は住むのには悪くないところだと思うけど。

実はお母さんは、坂木町に住んでいたことがあるのだ。おじいちゃんが転勤族だったから、日本じゅうあちこちを引っ越して、小学五年から卒業までは坂木町に住んでいた。

——知り合いだから安くする、って言ってくれてるしなあ。

お父さんが言った値段を聞いて、お母さんは目を丸くした。これまで何度か家族で住宅展示場に行ったけど、いつも帰りには、お父さんもお母さんも、やっぱり高いね、と言ってため息ばかりついていた。

——古い家だからね、土地代だけ。けど、いつまでも空き家にはしておけないから、うちが買わなかったら、売りに出しちゃうらしいよ。

——うーん……でも、そこまで古いとねえ。

お母さんが首をひねって考えこむ。

わたしは……ちょっといやだった。坂木町に引っ越すということは、転校しなくちゃいけない。生まれたときからずっとここで暮らしてきたんだし、学校だって、友だちだって……。よそに行くなんて想像もできなかった。

でも、とにかく一度、みんなでその家を見にいってみよう、ということになり、次の日曜日、車で坂木町に向かった。

——ここだ、ここだ。

お父さんが車をとめる。

二階建ての一軒家だった。左右対称の木造の家。たしかにちゃんと庭もある。

——なんだか……すてきな家ね。

お母さんが、ほおっと息をついた。

——うん。

お父さんもうなずく。

借りてあった鍵でドアをあけた。古い家のにおいがする。玄関から家のなかが見渡せた。

玄関のすぐ奥にリビングが広がっている。二階まで吹き抜けになっているうえに、正面は高い天井まで一面が窓なので、すごく広く見える。

——ちょっと、いい感じの家じゃない？

お母さんがなかをのぞきこみながら言った。

——悪くない、いや、むしろ、すごくいい。思ってたのとかなりちがうな。

お父さんも言った。

――入ってみよう。

お父さんとお母さんは吸いよせられるように、なかに入っていく。わたしもおそるおそる靴をぬいで、玄関にあがった。

大きな窓から入ってきた日ざしが、リビングの床を照らしている。広々としていて、映画に出てくる山の別荘みたいだ。でも……。ドアも戸棚も窓も型が古い感じで、友だちが住んでいる家とは全然ちがう。

――いいんじゃない、ここ。

キッチンからお母さんの声が聞こえてくる。のぞいてみると、壁は全部タイル張り。うしろには木でできた作りつけの食器棚。ガスコンロも流しのまわりも古ぼけている。むかしの台所みたいで、ちょっとこわい。

――へええ。システムキッチンじゃないんだな。じいちゃんちがこんなだった気はするけど、いまどき、なかなかないよ。

――でも、けっこう使いやすそうにできてるわよ。

嘘。まさか、ほんとにここに住む気じゃないよね？　おばけが出そうな気がするけど……。

お母さんは戸棚をあけたり閉めたりして、あちこち調べている。

お父さんはキッチンを出て、家のなかを回りはじめた。

——おおっ、作りつけの本棚まである。

奥の部屋から、お父さんの声がした。

——そういや、前に住んでいた人は大学の先生だって言ってたっけ。こういうの、むかしからあこがれてたんだよなあ。

なんだかうれしそうだ。わたしはリビングの隅っこにすわって、お父さんとお母さんの声をぼうっと聞いていた。

——おーい、七子、二階もあるぞ。ちょっと来てみろ。

お父さんに呼ばれて、階段をのぼった。真ん中にあるリビングの上は広い吹き抜けだけど、両側に部屋がひとつずつあるらしい。

二階のろうかをふむと、ちょっときしんだ。

ドアに手をかける。ギイイ、と音を立てて開いた。小さな部屋だ。屋根の下なので、天井がななめになっている。

——へえ。屋根裏部屋みたいだな。

あとから入ってきたお父さんが言った。

——ここ、どっちかひとつ、七子の部屋にしたらいいんじゃないか？　前から、自分の部屋がほしい、って言ってたじゃないか。

――う、うん、それは……言ってたけど……。

もごもごと口ごもる。そりゃ、自分の部屋はほしい。だけど……。

――けっこう、いいんじゃないか？

リビングに降りたお父さんが、お母さんに言った。

――そうね。古いけど、きちんと手入れされてるから、じゅうぶん住めそうだし、すてきだわ。

――天井までの作りつけの本棚もあるんだよ。それに、庭もけっこう広いじゃないか。

――見てみたら、お風呂もむかしながらのタイル張りなの、ユニットバスじゃなくて。クラシックで、かえってすてきよ。

お母さんが言った。嘘でしょ？　住宅展示場に行ったときは、お風呂には絶対ミストサウナをつけたい、とか、アイランドキッチンっていいわねえ、とか言ってたくせに……。

――水まわりとか、断熱とかの設備は、最近の家にはかなわないかもしれないけど、そのあたりは自分たちで手を入れていってもいいし。

お父さんとお母さんはすごく気に入っているみたいだったけど、わたしは、ただ古い家、という感じで、ぴんと来なかった。どうせ買うなら、住宅展示場で見たみたいな、最新の設備がそろった新築ぴかぴかの家がいい。

――七子はどう思う？

突然、お父さんがわたしの方を見た。

――え？　わたしは……なんか……ちょっと古くて、こわい感じがする。

――それは……ちゃんと家具を入れて住みはじめてしまえば、あんまり感じなくなると思うわよ。

お母さんがやさしく言った。

――よし。決めた。

お父さんが大きく息を吸いこむ。

――いいよな？

お母さんも、ひと呼吸《こきゅう》して、うん、とうなずいた。

そうして、その家を買い、家族で坂木町に越してくることになったのだ……。

ピンポン。

停車ボタンの音がした。

「次だよ」

女の子の声がした。

「あ、ありがと」

バスがとまる。女の子がいっしょにトランクをおろしてくれた。

たしかに、見覚えがある場所だった。前に来たときは、この近くに車をとめたんだ。思いだしながら歩きだす。ちょっと迷ったけど、女の子がいっしょだったおかげで、それほど不安にならずにすんだ。

「あ、あれだ」

路地の奥に古い家が見えてきた。

「へえ。なかなかオモムキのある、いい家じゃない」

女の子が、ふむふむ、という顔つきになる。

「じゃ、わたしはこれで」

そう言うと、トランクを門の前にとめた。

「え? あの……家のなか、まだ片づいてないと思うけど、いちおうお礼もしたいし……ちょっと、寄っていかない?」

「いいよ、それはまた、今度で」

「今度って……？」

どこのだれかも知らないのに、どうやって連絡を取れば……。

「いい家だね」

わたしがもやもや考えていると、女の子が言った。

「わたし、サクライ、トバ」

すうっと息を吸って、女の子が言う。

「さくらい……とば……？」

「花の桜《さくら》に井戸《いど》の井《い》。鳥の羽で鳥羽《とば》だよ」

鳥の羽……。きれいな名前だ。

「わたしは桐生七子《きりゅうななこ》。七つの子って書いて、七子」

「七子ね」

鳥羽がふふっと笑った。

「じゃあね」

鳥羽は身体をかがめ、トランクをぽんぽんたたいて去っていった。

門をあけ、小さな庭に入った。しずかだ。風の音だけがする。

大変だったけど、なんとかたどりついた。へなへなと力が抜けた。

そのとき、ふふふ、と、どこからか笑い声みたいなものが聞こえた。あたりを見まわしたけれど、だれもいない。

今日からこの古い家に住むのか。正直、気が進まないんだけどなあ。

ふう、とため息をついて、玄関に向かった。

鍵はあいていた。ドアをあけ、うっかり、おじゃまします、と言いそうになった。

ちがう、ちがう。自分のうちなんだ、と首を振る。ただいま、なんだよな、ここはやっぱり。ぜんぜんぴんとこないけど……。

「七子?」

奥からお母さんの声がした。

「うん」

「トランク、あったの?」

お母さんが玄関に出てきた。

「あった」

靴をぬぎながら答える。

「よかった」

お母さんがトランクを見て、ほっとしたような顔になった。

「でも、よくひとりで来られたわね。電話かけてもつながらないから、心配してたのよ」

「うん。充電切れちゃって……」

「駅からどうやって来たの？」

「バス。駅に着いたとこで、この町の女の子と会って……バスがあるって、教えてもらったんだ。その子、ここまでいっしょに来てくれたんだよ」

きょろきょろと部屋のなかを見まわす。ダイニングテーブルや椅子、ソファセット。リビングが広いせいだろう、前のうちにあったときより、なにもかもちょっと小さく見える。

でも、こうして見慣れた家具が並ぶと、少し「わが家」という気がしてくる。お母さんが言ってた「住みはじめれば慣れる」というのは、ほんとうなのかもしれない。

「疲れたあ。のど、からから」

ななめがけにしていたカバンを床に置くと、ダイニングチェアにどかっと腰をおろした。

「まだ冷蔵庫が冷えてないの。ペットボトルの飲み物買ってきといたから、それでも飲んで」

お母さんがテーブルの上をさした。麦茶を選んで、ふたをあける。

「お父さんは?」

ひと口飲んで、訊いた。

「いま、館長さんとこにあいさつに行ってる」

「そうなんだー」

テーブルにつっぷした。身体じゅうが疲れて、みしみしいっている。

「夕飯までにはもどるって。わたしもそれまでにこの部屋、なんとかしとかないと。少し休んだら、七子も自分の部屋、片づけなさいよ。もう、ベッドと机も来てるし、押し入れ用のハンガーも組みたてて、なかに入れてあるから」

「はーい」

自分の部屋、か。

これからはあの部屋でひとりで勉強して、ひとりで寝るのか。

前の家では、宿題をするのも、このダイニングテーブルでだった。たいてい近くにお母さんがいて、ごはんを作っていたり、アイロンかけていたり。

でも、これからは……。夜、あの階段をのぼって、あの部屋でひとりで寝るって……夜中に目がさめちゃったりしたら、どうしよう……。

しっかりしなくちゃ。

麦茶を飲み干し、階段をのぼる。

深呼吸して、部屋のドアをあけた。

あたらしいベッドがまず目に入った。

「あ、ベッドだ。うわあー、机も……」

思わずかけよって、ベッドの柱をなでる。ぷん、と木のにおいがした。

引っ越し前に買ってもらったあたらしいベッドと机。家具屋さんでさんざん悩んで選んだ。

すてき。白もいいなと思ったけど、部屋の雰囲気に合わせて、濃い茶色にした。やっぱりこの色で正解だった。

さっきまでの不安な気持ちも吹きとんでしまった。どきどきしながら、ベッドの上に寝ころぶ。

窓の外に木の枝が見えた。庭に生えている木だ。見たことのない鳥がやってきて、枝にとまった。

一軒家なんだな……。庭かあ。これまではアパートだったから、壁の向こうにはおとなりの家族が住んでいた。だけど、いまはうちだけがむきだしで、空の下に立っている。頼りないような、落ち着かないような……。

部屋のなかに積まれた段ボール箱が見えた。もうちょっとごろごろしていたかったけど、あきらめて起きあがった。

いちばん上の箱をあけてみた。勉強道具が入っている。

「あ、そうだ、これも……」

ななめがけにして持ってきたカバンをあける。朝起きてから、まだ部屋のなかに残っていた小物を、全部まとめてこれにつっこんだのだ。

「ええと……」

机のひきだしをあけ、カバンのなかのものを入れていく。細かいものはいちばん上の浅いひきだしに、大きめのものは二番目に……。

それから、段ボール箱のなかから勉強道具を取りだした。すぐに使いそうな筆記用具や辞書を机の上の棚に並べる。

「なんか、うまくいかないなあ」

細かいものがごちゃごちゃして、机の上もひきだしのなかも、なかなかきれいに片づかない。明日学校に行ったら、教科書も増えるのに。

「ただいまあ」

あれこれ悩んでいると、下からお父さんの声がした。いつのまにか、外は暗くなっていた。

リビングに降りる。お母さんが夕飯の支度をしていた。キッチンも、なんとか料理ができる程度には片づいたようだ。

「今日は引っ越しそばにしたわ」

お母さんが言った。鍋からかつおぶしのいいにおいがしていた。


「トランク、あってよかったな」

お風呂から出てきたお父さんが、リビングの隅のトランクを見て言った。

「うん。大変だったんだよ」

「すまなかったなあ。さっきお母さんから聞いたよ」

わたしがお風呂に入っているあいだに、その話をしたらしい。

「ちゃんと自分の部屋に持っていくんだぞ」

「わかってるよ。でも、重くて、階段のぼれないんだよ。お父さん、手伝ってくれる？」

「いや。今日はもう、無理。正直、疲れたよ」

お父さんは力なく笑って、首を横に振った。

「でも、七子のものは中身だけだろ？　トランクあけて、中身だけ少しずつ運べばいいじゃないか」

「ああ、そうか」

「このトランク、トランク自体が重いからなあ。古いし、いまは軽いのがたくさん出てるし、そろそろ買いかえてもいいと思うんだけど」

お父さんがため息をつく。

「お母さんが聞いたら、怒るよ」

お母さんはいま、お風呂に入っている。お気に入りのトランクなのだ。買いかえるなんて聞いたら、すごく怒るだろう。

「そうだな。お母さんはむかしから、物持ちいいから……」

お父さんが笑った。

「まあ、七子も今日は疲れただろ？　すぐに使うもの以外は、明日でいいんじゃないか」

「うん。このなかはむかしのものばっかだし」

「七子も、物持ちがいいからなあ。お母さんに似たんだな。だけど、少しはすっきりさせないと、勉強するときに困るぞ。これからは自分の部屋なんだし」

「わかってる。でも、片づけってむずかしいんだね。細かいものがたくさんあって、なかなかうまく整理できなくて」

「ああ、そういうときは収納用品を使うといいんだよ」

「収納用品？」

「ケースとかフォルダとかだよ。分類して収納すると、どこになにがあるか、わかりやすくなる」

「そういうのって、どこに売ってるの？」

「いまは百円ショップに行けば、けっこういろいろそろうんじゃないか？」

百円ショップか。文房具やプレゼント用の袋なんかを買いに、よく友だちと行ってたけど……たしかにファイルとかプラスチックのケースとか、たくさんあった気がする。

「駅ビルにも、たしか大きい店が入ってたと思うよ」

お父さんが言った。

「ま、今日はもう寝なさい。明日から学校なんだろ?」

「うん、そう」

たしかに疲れてしまって、もう片づけの続きをする気にはなれなかった。


部屋に行くと、すぐにあたらしいベッドにばたんと倒れた。

「なんか、長い一日だったなあ」

あおむけになり、もう一度部屋のあちこちを見る。

「あの子、桜井鳥羽、って言ってたっけ……」

トランクを運んでくれた女の子のことを思いだした。

そういえば、結局連絡先を訊くの、忘れちゃったなあ。

あの探偵口調はちょっと変だったけど、推理は当たってた。ミステリー好きなのかもしれない。どんなのを読んでるのか、訊いてみればよかった。

けど……。トランクのキャスターのこととか、中身のことはどうしてわかったんだろう。それに、わたしの歳だって……推理でわかるわけないような……。

そんなことを考えているうちに、いつのまにか眠ってしまった。

3　マレビト

転校生ってロマンチック。

ずっとそう思っていた。物語に出てくる転校生は、いつもそう。まわりにいる子とはちがう雰囲気があって、ミステリアス。そして、転校生の登場であたらしい物語がはじまる……。

――転校生っていうのは、子どもにとってのマレビトなんだな。

お父さんが前に言っていた。「マレビト」は、「客人」と書くらしい。外の世界からやってくる人のことだ。

日本にはむかしから、村の外からやってきたよそ者を「マレビト」と呼び、別世界から来た神さまとして歓迎する習慣があった。外からあたらしいものをもたらしてくれるから、ってことなんだそうだ。

学校という世界は、小さな村みたいなものだ。みんな毎日同じ場所で、同じ友だちとすごしている。そこに突然やってくる転校生。自分たちの知らないなにかを持っている気がして、転校生が来る、と聞くと、いつもなんだかそわそわしていた。

そして、今日、わたしは転校生になる。

……重荷だ。

大きくため息をつく。朝から何回目のため息だろう。転校生がロマンチックだ、マレビトだ、なんてのんきなことを言っていられるのは、むかえる側にいるときだけ。自分が転校生の立場になると、ロマンチックどころか、ほんとになじめるのか不安でたまらない。

もう一度、はあっ、とため息をついたとき、小学校の校舎が見えてきた。

坂木町《さかきまち》小学校。去年創立百周年をむかえた、このあたりでもっとも古い小学校だ。

校門の脇の桜が満開だった。公園でよく見かけるピンクのソメイヨシノではなく、真っ白な花の桜。

——オオシマザクラって種類なんだって。樹齢二百年、この学校ができる前からある古い木らしいよ。

三学期の終わりに転校のあいさつに来たとき、お母さんが言っていた。お母さんも、むかしこの小学校に通っていたのだ。

職員室のドアをノックし、担任の先生の姿を探す。わたしは五年二組で、担任は古《ふる》川《かわ》ツカサという女の先生だと聞いていた。


始業のベルが鳴り、古川先生といっしょに教室に向かった。

いかにも創立百年って感じの、古い校舎だった。といっても、この校舎自体は二代目で、五十年くらい前に建てられたものらしいけど。

階段の下まで来たとき、なんだかちょっとこわい気がした。グレーの古い壁には、テープをはがしたあとがあちこちに残っている。

夜になったら幽霊とか出そう……。前の学校の校舎はあたらしかったからだろうか、学校でこんな気持ちになったことはなかった。

踊り場を曲がったとき、ふふふっ、という笑い声が聞こえた気がした。はっとしてうしろをふりかえったが、だれもいない。

「桐生《きりゅう》さん？」

上から古川先生の声がした。

「あ、は、はい」

見ると、先生はもう階段のいちばん上だ。あわててあとを追いかけた。

教室の扉の前に立つ。なかが、がやがやしている。

ど、どうしよう……。

緊張で、足ががたがたふるえた。

先生が扉をあける。クラスの子たちがいっせいに自分の席にもどっていくのが見えた。

「おはようございます」

先生があいさつする。あちこちから、古川先生だ、とか、よかったね、とか、やったあ、とかいう声が聞こえてきた。人気のある先生らしい。

「今日から一年、このクラスの担任をする古川ツカサです」

古川先生が黒板に自分の名前を書き、あいさつをはじめた。

教室のなかを見まわす。窓際のいちばんうしろの席を見て、あっ、と思った。

ひときわ小さい、おかっぱ頭の女の子。

桜井《さくらい》、鳥羽《とば》。きのう、駅で会ったあの子。

同じクラスなんだ。にこっと笑って、小さく手を振った。桜井さんの方はもっと前から気づいていたみたいで、ちょっと照れたように手を振りかえしてきた。

「それから、転入生を紹介します。桐生七子《きりゅうななこ》さんです。桐生さん、黒板に名前を書いて、自己紹介してね」

古川先生に言われて、チョークをにぎった。桐生七子、と書き、みんなの方を向いた。

「桐生七子です。松林市《まつばやしし》から転校してきました」

と言ったとたんに、松林市、すごーい、というどよめきが起こった。え？　なに？

なんなの、この反応……？

「好きな科目は国語。趣味は、えーと、読書です。よろしくお願いします」

わけがわからないまま早口でそう言うと、ばっ、と頭を下げた。

「質問、ある人？」

先生の声が聞こえる。

え？　し、質問……？

そんなの、聞いてないよ！　頭を下げたまま、びくっとする。

「はい、橋本くん」

「ミッキーランドには何回ぐらい行きましたか？」

はっと顔をあげた。みんな答えを待って、こっちをじっと見ている。

ミッキーランド……。なんだ、そうか、松林市って言ったときのあの反応は……ミッキーランドのせいだったのか。

松林市には、ミッキーランドという巨大遊園地がある。一年じゅう、毎日毎日、日本じゅうからミッキーランド行きのバスがやってくる。夏休みやゴールデンウィークには、人気のあるアトラクションは二時間待ちがあたりまえ。

市民はときどき割引チケットがもらえるし、はっきり言って、めずらしくもない。前の学校の子たちは、誕生日とかイベントというと、ミッキーランドでも行こうか、みたいなノリだった。

だけど、ここからだと二時間はかかる。そうしょっちゅうは行けないだろう。

「一カ月に一回くらい……です」

お父さんもお母さんも、遊園地はそんなに好きじゃないから、家族で行くことはあまりなかったけど、友だちに誘われればたいてい行く。

「ひえ──すげ──」

「うらやまし──」

「オレなんか、まだ二回しか行ったことないよ」

教室のなかが大騒ぎになった。鳥羽の方を見ると、はあっ、とあきれたようにため息をついている。その顔がなんだかおかしくて、ちょっとほっとした。

夕方、お母さんが駅ビルに買い物に行く、と言うので、わたしもついていくことにした。百円ショップを見てみようと思ったのだ。

お母さんも、タオルハンガーとかつっぱり棒とか、細々《こまごま》したものを見たいと言って、まずは百円ショップに行くことにした。

お父さんの言うとおり、いろんな大きさのケースやカゴがあった。書類を立てるためのボックスもある。こういうのを使えば筆記用具も、テストや宿題も、きれいに片づきそうだ。

なにしろひとつ百円だ。おこづかいで買える。イメージがあれこれふくらんできて、うれしくなって、ケースを選んだ。

買い物が終わったときには、お母さんもわたしも、両手いっぱい、大きな荷物を下げていた。

「お父さんは今日も遅いみたいだし、せっかくだから、ふたりでこの上のレストランに行かない？」

お母さんが言った。

のぼった。

持っていた荷物をいったん車に置き、うきうきしながらレストランがある六階まで
「やったあー」

「なに食べようか？」

「あ、案内板があるよ。あれ見れば、なにがあるかわかるんじゃない？」

写真入りの案内板にかけよった。

「へぇえ……イタリアンに中華、とんかつに天ぷら、ベトナム料理か……」

いっしょに写真をじっくりながめる。結局、お母さんがフォーを食べたいと言って、ベトナム料理の店に入ることになった。

生春巻に、お好み焼きみたいなバインセオ、きしめんみたいなフォー。うちはお父さんもお母さんも、こういう料理が大好きなのだ。小さいころは苦手なものもあったけど、いまではわたしも大好物になっている。

「あたらしい学校はどうだった？」

「うん。まあまあ。校舎は古いけど、先生もいい感じだったし、クラスの子もみんな親切だった」

「そう。よかったね」

お母さんがちょっと笑って、ぱくっと生春巻をかじった。

どうやって校庭に出るか、とか、特別教室がどこにあるか、とか、なにからなにまでわからなくて、最初はどきどきしたけど、クラスの子たちが熱心に案内してくれた。休み時間には、ミッキーランドの話でもりあがって、なんとかやっていけそう、と思った。

そういえば、あの子……。鳥羽。お礼を言おうと思ってたのに、今日は結局話せなかったな。

まあ、いいか。同じクラスなんだし、明日から毎日会えるわけだし。

「ね、七子。学校に、カメの池ってまだあるの？」

「え、カメの池？　あ、ああ、あったよ、校庭の隅のやつでしょ？」

「カメ、まだいた？」

「いたよ、たくさん」

「そうか……」

お母さんが、ふふっと笑った。

「でも、町はずいぶん変わったわねえ。むかしは駅前もごちゃごちゃしてて、ロータリーなんてなかったし。駅ビルまでできちゃってて、びっくりしたわ」

お母さんは窓の外を見た。広がる景色を見おろす。すっかり暗くなった町に、家のあかりがともっている。駅に電車が入ってくる。

「でもさ、それって、お母さんが小学生だったころの話でしょ？　もう何十年も前じゃない。変わってあたりまえなんじゃないの？」

「何十年、って……失礼ね。せいぜい二十……」

お母さんが指を折る。

「嘘、もう三十年近いの？　やだ、そりゃ、変わるよね。でも、実感湧かないなあ」

大きくため息をつく。

最後に、バナナとココナッツミルクを使ったデザートを食べると、すっかりおなかいっぱいになった。それから地下の食品街で少し買い物をして、家に帰った。

4 声

「そうか、それはよかったね」

「うん」

夜中、ひそひそ声で目がさめた。

「ボク、もうたくさん友だち、できちゃった」

「ははは。やっぱりいいねえ、子どものモノダマは。元気がいい」

だれがしゃべってるんだろう？

時計を見ると、一時をすぎていた。

だれなんだろう、こんな時間に。片方は大人の男の人だ。お父さん？　お父さんが帰ってきて、下でお母さんと話してるのかな。

でも、お父さんの声じゃないし、もうひとりもお母さんじゃない。子どもの……男の子の声だ。

外から聞こえてきたのかな？　でも、こんな夜中に、子どもが外でしゃべっているなんて……。

そうだ、帰ってきたお父さんが、テレビでも見てるのかも。

起きあがり、床に足をおろした。

話し声がぴたっとやんだ。とつぜん、音がなにも聞こえなくなった。しんとして、暗い部屋が広がっていくみたいな気がした。

こわくなって、電気をつけ、部屋を出た。

「あれ？」

下は真っ暗だ。音もしない。

どうなってるの？

お父さん、もしかして、ソファで寝ちゃったのかな。でも、じゃあ、さっき聞こえた、あの声は……？

「お父さん？」

そっと呼んでみる。返事はない。

おそるおそる階段を降りはじめる。

そのとたん、またさっきの声が、かすかに聞こえてきた。

背筋がすっと寒くなる。

お、ば、け……？

あわてて階段を降りる。

どうしよう……おばけ？　早く、電気……。

「七子？」

「うわあああああっ」

うしろから声がして、わたしは思わず悲鳴をあげた。

「ど、どうしたんだ？」

ぱっと電気がついて、階段の下にいたのは、お父さんだった。

「な、なんだ、お父さんか。おどかさないでよ」

はああ、と大きく息をついた。

「おどかすって、驚いたのはこっちだよ。音がしたから、なにかと思って来てみたら……」

「ご、ごめん……」

「どうしたんだ、こんな時間に。起きてたのか？」

「ううん、ただ、ちょっと目がさめちゃって……。なんか、変な声が聞こえたような気がして……」

「変な声？　夢でも見たんじゃないのか？」

「そ、そうだよね。おばけかと思っちゃった」

「おばけ？」

お父さんがあきれた顔になる。

「あ、ここ、古い家だし、なんか出てもおかしくないのかな、って」

わたしは、ははは、と笑った。

「なに言ってるんだ、五年生にもなって」

「そ、そうだよね、ははは、やだなあ、おばけなんかいるわけないよね」

「あたりまえだろ」

お父さんが大きくため息をついた。

「とにかく、寝なさい。明日も学校だろ」

「はーい」

そう答えて、二階の自分の部屋にもどった。

でも、なかなか眠れなかった。もうあの声は聞こえなかったけど、しっかり目がさめてしまっていた。ぜんぜん眠れなくて、何度も寝返りをうった。

カーテンにできる影や、天井や壁のしみ。いろんなものがこわく見えてくる。

だから、古い家はいやだったのに。

わたしは頭からふとんをかぶった。


目がさめると、朝だった。いつのまにか眠ってしまったらしい。あかるくなってみると、変な声のことなんか、全部夢だったような気がした。

「おはよう」

下に降りると、お父さんが新聞を読みながら朝ごはんを食べていた。

「おはよう。あれから、よく眠れたか？」

お父さんが言った。下でお父さんと話したのは、ほんとだったみたいだ。

「うん、まあ……」

あいまいに答え、テーブルの真ん中に置かれたびんのジュースを、自分のコップに注ぐ。

「お、そろそろ出ないと」

お父さんが時計を見て言った。

「え、もう？」

「今日から本格的に収蔵品の設置がはじまるからね。業者の人が朝からやってくるんだよ」

博物館のオープンはもうすぐだから、お父さんは毎日忙しそうだ。

「七子も早く食べないと、遅刻するわよ」

トーストをテーブルに置きながら、お母さんが言った。

「うわ、ほんとだ」

あわててパンをかじる。

「じゃあ、行ってくるよ」

お父さんが家を出ていく。わたしも急いで朝ごはんをすませ、ばたばたと家を出た。


学校から帰ると、すぐに自分の部屋の片づけをはじめた。このままなにもしないでいたら、段ボール箱の山のなかで暮らすことになってしまう。

まずは、物入れのなかだ。お母さんに買ってもらった、大きなプラスチックの収納ケースを物入れの下の段に入れた。服は、いま着るものとそれ以外のもので分けて、ケースにしまう。

つぎは小物。どうやってしまおうか。ハンカチ、髪どめ、下着、靴下……。ポケットティッシュを入れる場所も作りたいし、ベルトや帽子もある。ハンカチはたたんでしまっておきたいけど、髪どめはそんなにたくさんないから、小さい入れ物でいいや。

あれこれ考えながら、入れたり出したり、並べ方を変えたり。なんだかパズルみたいだ。荷物を段ボール箱につめたときは、とにかく入ればいいという感じだったけど、片づけるのはけっこう頭を使う。

気がつくと、もう外はすっかり暗くなっていた。

おなか、すいたな。ごはん、まだなのかな？

時計を見ると、七時半をすぎていた。

「おかしいな」

うちのごはんは、いつもたいてい七時。お父さんがいっしょに食べるときは、帰る時間に合わせて少し遅くなるときもあるけど、お父さんは今日も残業で、夜遅い、と言っていたはずだ。

もしかして、お母さんも荷物の片づけで忙しくて、ごはんのこと、忘れちゃったのかな。

「あれ？」

部屋を出て、驚いた。下の電気がついていない。

「お母さん？」

お母さん、どっか出かけちゃったの？　なんで、なにも言わないで……。

ぱちん、と階段の上のスイッチで電気をつける。

「うわっ」

お母さんがリビングのソファにすわっていた。

「あ、あれ？　七子？」

「お母さん、どうしたの？　もう七時半だよ」

そう言いながら階段を降りていく。

「え？　ええっ？」

お母さんが、あわてて時計を見た。

「どうしたんだろ、わたし……。ここにすわって、ちょっと考えごとしてただけだったのに……」

「考えごと、って……いつから？」

「七子が部屋に行ってから、わたしもここの片づけをして……五時になって、そろそろごはんの支度もしないと、と思って、その前にちょっと休もうと……。おっかしいわねえ。すわってからほんの少ししかたってないと思ったのに」

お母さんは首をひねった。

「五時からって……もう二時間以上たってるよ。そのあいだ、ずっとここにすわってたってこと？」

「そういう……ことかな？」

お母さんが頼りない調子で言った。

「寝てたんじゃないの？　お母さん、疲れてるみたいだし、きっと気がつかないうちに、眠っちゃってたんだよ」

「眠った気はしないんだけどなあ……」

お母さんがぼんやり言った。

「でさ、お母さん、もうごはんの時間なんだけど……」

「うわ、いけない」

お母さんがあわてた様子で立ちあがる。

「どうしよう。なにも準備してないわ」

冷凍庫をあけた。

「ああ、よかった。きのう駅ビルで買った、冷凍のうなぎがある。冷凍のごはんもあるし、それでいいかな？」

「わあ、うなぎ？　やったー」

うなぎは大好物だ。冷凍のうなぎも、わたしのリクエストで買ったもの。

――ちょっと高いから、これは、なにかあったときにね。

お母さんはそう言っていた。だからなかなか食べられないと思っていたのに、ラッキー。

「ね、こういうことがあるから、買っといてよかったでしょ？」

「ほんとね」

思いがけないぜいたくな夕ごはんになり、食べ終わったときには、八時半になっていた。

わたしの部屋には、ふたのあいていない段ボール箱がいくつもある。けど、お風呂からあがると、さすがにもうなにもする気になれなかった。

「あとは、明日にしようっと」

片づかなかった服や小物はとりあえずまた段ボール箱にもどし、部屋の隅に押しやった。

収納って、ほんと、大変なんだなあ。ベッドにどすんと寝ころんだ。

「学校はどうだった？」

「うん、楽しいよ。学校のなかにも、けっこう仲間がいるんだ」

「そう、よかったね」

どこからかそんな声が聞こえてくる。

学校……？

仲間……？

なんの話だろう？

はっと目がさめた。

きのうと……同じ声。

だれ？

こわくなって、がばっと起きあがった。

声がぴたっととまる。

あたりを見たけど、もちろんだれもいない。時計を見ると、二時半すぎだ。

部屋のなかは、しんとしている。

「だれかいるの？」

そうっとささやいた。もちろん返事はない。

また、夢？

おばけ……なんて、いるわけない。

けど……。古い家だし……もしかして、やっぱり……。

ぞくっとした。天井の木目も窓の近くの壁のしみも、物入れの戸の細いすきまも、全部こわく見えてくる。

お母さんのとこへ行こう。ベッドから降り、部屋の外に出た。下は暗い。どんどんこわくなってきた。

ああ、なんで目がさめちゃったんだろう。ううん、目がさめてもそのままじっとしてれば……。

どうしよう。とにかく、電気をつけないと。

スイッチ……スイッチは、どこだっけ？

冷や汗が出てくる。早く電気をつけたいのに、スイッチの場所が……。

泣きそうになりながら壁を手でさぐって、ようやくスイッチを見つけ、ぱちっと押した。

「うわっ」

あかるくなって、ぎょっとした。

お父さん。

今度はお父さんが、ひとりでソファにすわっていた。

「どうしたの、お父さん。なにやってるの？」

階段の上から声をかける。

「え？　七子？　あれ、どうしたんだろう？」

お父さんは目をぱちぱちしている。

「寝てたの？ 電気もつけてないし……」

階段を降りて言った。

「いま、何時だ？」

お父さんが壁の時計を見た。

「えっ？　もう三時近いじゃないか。うそだろ？　帰ってきたの、十二時半ごろだったのに……」

お父さんはスーツを着たままで、ソファの下にはカバンがころがっている。

「やっぱり、寝ちゃってたんじゃないの？」

わたしは言った。

「そうかもしれないな。ああ、しかし、もう三時になるのか。まいったな、明日も早いのに……」

　お父さんがぶつぶつ言って立ちあがった。

「七子はどうしたんだ？　こんな時間に」

「あ、うん……」

「また、おばけでも出たか」

「ち、ちがうよ。ただ、よく眠れなくて……」

　笑われるのがいやで、あわててごまかした。

「あたらしい家に慣れてないんだな、きっと」

　お父さんが言った。

「七子は引っ越し、はじめてだからな。引っ越しって、予想以上に疲れるものだからね。家だけじゃない。家具の配置、スイッチの場所、ドアや洗面台の高さ。慣れてたものとなにもかも変わったんだ。いままでなにも考えずにできてたことが、いちいち考えないとできない。頭も疲れてるんだよ」

　そうかもしれない。あの声も、きっと夢なんだ。頭が疲れて、よく眠れなくて、それで……。

「そうだね。そういえば、お母さんも……」

「なんかあったのか？」

「うん、今日の夜ね。なかなかごはんにならないなあ、って思ってたら、お母さん、真っ暗な部屋でソファにすわったまま寝ちゃってて……。さっきのお父さんといっしょ」

「へえ……そんなことが……」

お父さんがソファを見た。

「お母さん、ちょっとぼうっとしてただけで、寝たつもりはないって。でも、二時間だよ？」

「ああ、でも……さっきはおれもそんな感じだったなあ。なんだか、時間を盗まれちゃったみたいだ」

お父さんが笑った。

「みんな、疲れてるのかもしれないな。身体をこわしたら困るし、気をつけよう」

「うん」

お父さんと話したせいか、なんだか安心して、そのあとはぐっすり眠ってしまった。

5　ものだま

次の日の帰り。校門の近くまで来たときに、遠くに見覚えのあるおかっぱ頭が見えた。

あの子……。鳥羽《とば》だ。

「そういえば、まだちゃんとお礼、言ってなかったっけ」

話してみたいと思っていたけど、学校にいるあいだは、なかなか話しかけるチャンスがなかった。

わたしは鳥羽を追って、歩きはじめた。でも、足が速くて、なかなか追いつかない。声をかけるにはまだちょっと遠い。意地になってあとを追った。

鳥羽は駅に向かっていた。ひょこひょこと駅の階段をのぼってゆく。改札の前は通りすぎ、南口の方に歩いていく。

家があっち側なのかもしれない。鳥羽を追って駅を出た。ぱっと景色が広がった。

そういえば、まだこっち側には来たことがなかった。北側は駅を出るとのぼり坂だけど、こっちはくだっていて、遠くまで見渡せる。

鳥羽は、左に向かってのびる道の、右側の歩道を歩いている。そして、右手にある大きな木の門のなかに入っていった。

公園？　お寺？

追いかけて門の前に立つ。「坂木町庭園《さかきまちていえん》」という表札がかかっていた。門の向こうには、森のように木が茂っている。

庭園？　公園とはちがうのかな？　塀に囲まれていて、門の横に受付があった。受付の窓の上に「入場料二百円」と書かれている。

お金かかるの？　持ってないよ。

でも、鳥羽はなんでこんなところに？

受付の脇にある説明板には、季節の花が紹介されていたりして、歴史のある日本庭園みたいだ。着物とか、抹茶とかが似合いそうな、しぶい庭園。どう考えても、小学生がひとりで入るようなところじゃない。

しかもタダじゃない。二百円はらって、だ。

「小学生？」

受付から声がした。見ると、窓口のおばさんがにっこりと笑っている。

「え、あ、はい……」

あわててうなずく。

「だったら、どうぞ。小学生以下は無料ですよ」

よく見るとたしかに、「子ども（小学生以下）無料」と書かれていた。

なんだ。タダだったのか。

「あ、ありがとうございます」

おばさんに頭を下げ、さしだされた地図を受けとって、なかに入った。


庭園のなかはしずかで、あまり人もいない。にぎやかな駅前からすぐなのに、そんなことを忘れてしまうくらい、しんとしていた。

もらった地図を見ると、思ったより広いみたいだ。入り口から入って、梅林を通って坂をおり、池を回って反対側の道をのぼって、一周するようになっている。

はっとした。と、いうことは……。のんびり歩いていたら、鳥羽が先に庭園を出てしまうかもしれない。

急ぎ足で梅林を歩きだす。鳥羽はどこにいるんだろう。一本道だから、追い越してしまったということはないはずだけど……。

「うわっ」

林のはずれで思わず声をあげ、立ちどまった。木々のあいまから、坂の下の池が見えた。

「きれい……」

木々の葉をうつして緑色になった水面が、日ざしできらきら光っている。ふつうの町の駅の近くに、こんな観光地みたいなところがあるなんて、信じられない。

「いけない、鳥羽を捜してたんだ」

思いだして、急ぎ足で階段を降りた。

「あっ」

いた。鳥羽だ。池の反対側の東屋《あずまや》のあたりに、姿が見えた。大声で呼べば届きそうな距離だけど、あたりはしんとしていて、大声を出せる雰囲気じゃない。

池ぞいの細い道を急いで歩いた。だが、東屋の近くまで来てみると、鳥羽はいなかった。

「お友だちなら、向こうの竹林の方に行きましたよ」

ほうきを持ったおじいさんが、ほほえみながら言った。わたしと同じくらいの年の子なんて鳥羽しかいないだろう。おじいさんにお礼を言って、教えてもらった方に向かった。

竹林を抜けたところで、鳥羽の姿が見えた。生け垣の前で、こちらに背を向けてしゃがんでいる。

あんなところで、なにをしてるんだろう?

ゆっくりうしろから近づいた。

「え、ほんと?」

そのとき、鳥羽の声がした。びくっとして立ちどまった。

ほかにはだれもいない。

もしかして、わたしがうしろから近づいているのに気づいたのかな?

「そうなんだよ。まちがいない」

どこからか声がした。年をとった男の人の声だ。あたりを見まわしたけど、だれもいない。それに、声は、絶対に鳥羽の向こうから聞こえた。だけど、鳥羽の前には生け垣があるだけで、人影はない。

「ふうん、なるほどねえ」

鳥羽の声がした。鳥羽はしゃがみこみ、うつむいている。まるで地面に向かって話しかけているみたい。

「いやいや、役に立ってよかったよ」

また、さっきの声がした。

な、なんなの？　いまの声、なに……？

がたっ。

背中で音がした。あとずさろうとして、うしろにあった立て札にぶつかってしまったのだ。鳥羽が、はっとしたようにふりかえる。

「あれ……？」

びっくりしたような顔でこっちを見る。

「転校生じゃないの。なにやってんの、ここで？」

鳥羽が立ちあがって言った。

「え、ええと、ごめんなさい……別に、あとをつけてきたわけじゃないんだけど……駅で、うしろ姿を見かけて……」

もごもごと答えた。

「なんだ。なら、声かけてくれればよかったのに」

あきれたように、ちょっと笑った。

「あ、うん、そ、そうだね……いま、話しかけようと思ってたとこ」

ごまかし笑いする。鳥羽がせきばらいした。

「で、なに？　わたしになにか、用？」

「そういうわけじゃ……あの、さ、桜井《さくらい》さん……」

なにを言ったらいいのか、わからない。

「あ、あの……いま、だれかと話してなかった？」

あせって、思わずそう言ってしまった。鳥羽の表情がかたくなる。

「だ、だれか、って……？」

鳥羽の方も、あせっているみたいだ。

「わ、わかんない……けど……おじいさん、みたいな……」

おそるおそる言った。

「聞こえたの？」

鳥羽がぎょっとした顔になった。

「あ、ご、ごめん。でも、別に、たいしたことは聞こえなかったよ。なに言ってるか、よくわかんなかったし」

自分でも、なにをごまかしているのかわからなくなった。だれと話していたとしても、もちろん立ち聞きはよくない。だけど、問題はそんなことじゃなくて、鳥羽がだれと話していたのか、ってことだ。

「あのさ」

鳥羽がぐいっと近づいてくる。

「な、なに？」

「ほんとに……聞こえたの？」

「え、な、なにが？」

「だからさ、おじいさんの声」

「あ、いや……わかんない。そう言われると、空耳だったような気も……」

あはは、と、またごまかし笑いをした。

「その子も、聞こえるんじゃないのかね」

どこからか声がした。また、さっきの男の人の声だ。鳥羽の足もとにある壺のあたりから聞こえてくる。

「えっ？　えっ、だ、だれ？　どこにいるの？」

鳥羽がじっとわたしの目を見た。

「聞こえてるのね」

鳥羽の顔は真剣だった。わけもわからずうなずいた。

「聞こえたんだろう?」

また声がした。

「え、あ、あの……まさか……壺?」

思わず壺に向かって話していた。

「そう。正確には、壺そのものっていうより、壺についた『ものだま』だがね」

壺……いや、男の人の声が言った。

モノ……ダマ……? どっかで聞いたような……。

「……実はさ。この世には、『ものだま』ってものがたくさん存在してるのよ」

しかたない、という感じで、鳥羽が話しだした。

「な、なんの話……?」

なにを言われているのかわからず、訊き返す。

ものだま? それ、なに? もしかして、ひとだまみたいなもの?

鳥羽の顔をじっと見た。

「そんなこと言っても、ふつうは信じられないよね。うーん……」

鳥羽が、ぶつぶつ言って頭をかく。

「あのね、お嬢さん」

男の人の声がわりこんできた。

「信じられないかもしれないけど、ふつうの人にはわたしの声は聞こえないんだよ。わたしたち『ものだま』の声はね、かぎられた人にしか聞こえない。手品でもなんでもない。あなたには、わたしたちの声を聞く力があるってこと」

男の人の笑い声がした。

壺が……しゃべってる……。

そして、よく見ると、壺の表面に、うっすらと目と口が……。

「うわあっ、顔っ」

驚いて飛びのく。

「おお、顔も見えるのか」

壺の顔がにっこり笑った。頭がくらくらした。

「ほんとに?」

今度は女の人の声がした。ぎょっとした。もちろん、鳥羽の声じゃない。

こ、今度はなに……?　どこにいるの?

「なんで出てくるのよ、フクサ」

鳥羽が自分のポケットから、なにか取りだす。きれいな布だ。濃いピンク色で、雪うさぎの柄が入っている。

「いいじゃないの、新顔さんみたいだし。わたくしもあいさつしないと」

甲高い声。布だ。布が……しゃべってる……。と思ったら、布の表面に、少しつんとした女の人の顔がうきあがった。

気絶しそうになるのをなんとかこらえ、鳥羽の顔を見た。

「『ものだま』っていうのはさ、つまり……ひとことで言うと、『もの』についている魂、ってとこかな」

鳥羽が言った。「もの」についてる、魂？

「それって、もしかして……妖怪……？」

おそるおそる訊く。

「失礼ね」

鳥羽がなにか言いかけたとたん、下から女の人の声がした。さっきの、鳥羽がフクサと呼んでいた布だ。

「わたくしたち、あんな変な形、してないわよ。それに、人をおどかすとかなにか取るとか、そんな乱暴なこともしないし」

ぷりぷり怒った調子で言う。

「まあまあ……。そうだねえ、そんなこわいものじゃ、ないから。基本的にはおとなしいし、のろったりたたったりもしないし。暴れることもあんまりないし……」

鳥羽が困ったように言った。

「『ものだま』は、人からよく話しかけられる『もの』に宿るんだ」

「そうそう」

またさっきの男の人の声がわりこんでくる。

「人々の思いを受けとめてきた『もの』っていうのかな。たとえば、駅前のポスト。むかしから、『願かけポスト』って呼ばれてたんだよね。入学願書をあのポストに入れると合格する、とか、応募ハガキが当選しやすい、とかねえ」

そう言って壺がにっこり笑う。

この壺がしゃべってる……？　そんなこと、信じられない。

「それで、みんな、願書や応募ハガキを出すときは、ポストの頭をなでながら『お願いします』って頭を下げていくようになったんだよ」

「このカサツボもね」

今度は、女の人の甲高い声が響いた。

「カサツボ、いつもはここにあるけど、急に雨が降ったときには、東屋の前に移動するんですの。忘れ物の傘を入れてね。傘を持ってないお客さんは、ご自由にお持ちください、って。それで、みんな、ちょっと借りますね、ってカサツボに言って、傘を借りていく。そうしてるうちに『ものだま』が宿ったんですの」

声は、鳥羽の手のなかにある小さな布から聞こえてくる。

どうしよう……わたし、おかしくなっちゃったのかも……。

「あら、ごめんなさい、あいさつが遅れましたわね。わたくしは、フクサって言いますの。袱紗《ふくさ》っておわかり？　お茶の道具なんだけど……。最近の若い子は知らないかしら？」

「え、えーと、袱紗って……お点前《てまえ》のときに使う布……？」

前の学校で、一度、茶道の体験教室というのがあった。そのときの講師のお姉さんが、袱紗という布の使い方を教えてくれた。あのときの布は赤かったけど、形や布の感じはよく似ている。

「あら、知ってるの？　ふーん、見かけによらず、なかなか感心じゃないの」

フクサが見下すような調子で言った。なんで布のくせに、上から目線なんだろう。

それに「見かけによらず」ってなに？　なんとなく腹が立ったけど、布がしゃべるなんて、そもそもあるわけないんだから、と首を横に振った。

「これは……夢だ」

わたしはぼそっとつぶやいた。

「夢？　なんでそうなるのよ」

フクサが、あきれたように言う。

「まあまあ、フクサ。そう言われても、なかなか信じられるもんじゃないって」

鳥羽が笑いながら言った。

「いつも言ってるでしょ。いまの世の中、妖怪とかそういうものは非現実的って言われて、ふつうはいないことになってるんだって」

「でも、いるでしょ？　目の前にいるんだから、認めればいいのに。ガンコよね」

ガンコ？　初対面の人にガンコなんて言われると、やっぱり腹が立つ。いや、人、じゃないんだっけ……。ぶるぶると首を横に振る。だめだだめだ。ここで腹を立てたら、フクサがいることを認めてしまった、ってことになる。

「うーん、まいったなあ。なにから説明すればいいんだろ？」

鳥羽が、また頭をかいた。

「えーと、桐生《きりゅう》七子《ななこ》さん、だったよね？」

「え？　あ、うん」

「七子、って呼んでいいかな？」

「いいよ……。みんなそう呼んでるし」

もう、好きにしてくれ、って気分だった。

「オッケー、じゃあ、わたしも鳥羽でいいよ」

鳥羽がにっこり笑った。

「でね、七子、ちょっとうちに寄ってかない？」

「え？」

少し不安になる。行っちゃって、大丈夫なんだろうか。もしかしたら鳥羽は変人なのかもしれない。仲よくなるのは、危険かも……。

「ああ、ごめんごめん。ものだまのこと、説明するのにちょっと時間かかりそうだし、ここじゃなんだから。うちっていっても、家じゃなくて、店なんだよ。お母さんが、日本茶と和菓子のカフェをやってるの」

「和菓子！」

わたしはケーキやクッキーより断然あんこの方が好きなのだ。

「行く！」

和菓子の誘惑には……勝てなかった。

6 〈笹《ささ》の便り〉

鳥羽《とば》の家のお店は、北口商店街のなかにあるらしい。北口商店街は長い。小さなお店がずらっと並んでいる。

前に住んでいた町は、埋め立て地にあたらしくできた住宅地だった。駅もまわりの店も、マンションも家も学校も、全部同じ時期にいっぺんにできた。駅からの道もまっすぐで、車道も広いし、歩道もしっかり整備されている。

それにくらべると、坂木町《さかきまち》の商店街は……道幅は狭いし、さらに細い路地があちこちにのびていて、わけのわからない小さな店がたくさんある。まるで迷路だ。坂木町は古い町だからね、とお父さんが言ってたっけ。

「ここだよ」

商店街のはずれ、店が少しまばらになってきたあたりで、鳥羽が立ちどまった。鳥羽が指さす方を見ると、小さな木の門があった。

これがカフェ？　ふつうの家にしか見えないけど……。

門の先には細い小道があって、その奥に小さな木の建物が見えた。門からの小道の両脇には笹がたくさん生え、葉が小道にたれさがってきている。

〈笹の便り〉

門には、小さくそう書かれていた。鳥羽が小道を抜け、玄関の方に進んでいく。近づいて見ると、建物は思ったよりずっと小さかった。でもその裏にさらに庭があり、奥に大きな家が見えた。

「ただいまー」

鳥羽が小さな建物の引き戸をあける。あとについて、なかに入った。入り口にあった竹の風鈴が、からんころん、とかわいた音を立てた。

真四角な部屋のなかに、L字型の大きなカウンター。椅子が八席並び、目の前のショーケースに和菓子が入っている。店の隅に水を張った四角い場所があり、そこに大きな枝ごと花が生けられていた。

お客さんはいない。っていうか、お店の人もいない。薄暗く、しずかだった。かちかちという時計の音だけが響き、ひんやりしたにおいがした。

「お母さん、出かけてるのかな？　まあ、いいや。そこにすわってて。いま、お茶いれる」

鳥羽がそう言って、いちばん奥の椅子をさす。

「う、うん……」

言われるままに腰をおろし、カウンターのなかに入っていく鳥羽のうしろ姿を見た。

「前はね、ここは茶室だったんだよ。おじいちゃんが茶道の先生だったんだ。そのころは大きさはこの半分くらいで、外に井戸があったんだって。おじいちゃんが教室をやめたときにリフォームして、井戸を建物のなかに入れて、店にした」

「え？　井戸をなかに……って、もしかして、この水が入っているとこが？」

「そう。その水は、井戸の水。いまもちゃんと水が湧いてるんだよ。上にポンプがついてるでしょ？　それをこげば井戸水が出る。むかしは、その水でお茶をたててたらしいよ」

「すごい……」

わたしは井戸をながめた。生けてあるのは、黄色い花のついた枝だった。

「日向《ひゅうが》水木《みずき》っていう木なんだって」

「きれいだね」

井戸ってことは、地下から水をくみあげているんだ。建物のなかなのに、土のなかとつながっているなんて。なんだか神秘的だ。

「鳥羽もここに住んでるの？」

「ううん、うちはこの奥にある。そっちも木造の古い家だよ。お父さんの方のおじいちゃんおばあちゃんもいっしょ」

「そうなんだ」

　さっきの庭の向こうに見えていた大きな建物のことか。

「お母さんは和菓子屋の娘で、自分も和菓子職人。おじいちゃんの教室がそのお店のお菓子を使ってたから、お父さんと知り合って結婚した。お父さんはふつうに会社員になって、教室を継がなかったんだけどね。それで、おじいちゃんが教室をやめるとき、お母さんがずっとやりたがってたお茶と和菓子の店にリフォームすることになったってわけ」

　鳥羽が、棚からお茶の道具を出しながら言った。

「ここの器は茶道教室のころからので、どれも年代物らしいよ。全部立派なものだまがついてる」

　なんの声もしないけど、たしかに変な気配がする。だれかがじっとこちらの話に耳をすましているような……。しかも、大勢……。

「ここのものだまたちは、みんな大御所だからね。眠ってることが多くて、わたしもあんまり話したことないんだ」

鳥羽が笑いながら言った。

からんころん。

そのとき、入り口の竹の風鈴が鳴った。

「あれ？　鳥羽、帰ってたの」

女の人が入ってきた。

鳥羽が顔をあげた。

「お母さん」

この人が鳥羽のお母さん？　かっこいい人だな。白いシャツにジーンズ。水色のきれいな布で、髪をきりっとまとめている。お化粧はほとんどしていない。

「店あけっぱなしにして、どこ行ってたの」

「ごめんごめん。ちょっと宅配便出しに、コンビニに」

お母さんが言った。

「鍵もかけてないし、不用心だなあ」

「大丈夫。とられるものなんて、なにもないし」

さばさばした、少し男っぽいしゃべり方だ。

「それより、そちら、お友だち？」

お母さんが、わたしの方を見て言った。

「うん。五年生になって入ってきた、転校生」

「まあ。こんにちは。鳥羽の母です」

「はじめまして。桐生七子《きりゅうななこ》です」

ぺこっと頭を下げた。

「七子ちゃん、はじめまして」

鳥羽のお母さんもぺこっと頭を下げる。

「そうそう、この前、話したよね？　引っ越してきたばっかりの子のトランク運ぶのを手伝った、って。それがこの子なんだ」

鳥羽が言った。

「え、じゃあ、例の……」

「そう。あのトランク、持ってた子」

お母さんが、わたしの顔をじっと見た。

「でね……どうやらこの子、ものだまの声が聞こえるみたいで」

鳥羽の言葉に、ぎょっとした。ものだまって言った。ってことは……まさか、このお母さんも……ものだまのことを知ってる？

「ほんとに？」

お母さんもふつうに答えている。

「いままでは、知らなかったみたいだけどね。この町に来て、急に聞こえるようになったみたい。さっきカサツボやフクサとも話して……」

鳥羽が言った。まさか……。このお母さんも、聞こえるの？

「もしかして……お母さんにも、聞こえるんですか？　……ものだまの、声」

おそるおそる訊いてみた。

「聞こえるわよ」

お母さんが笑った。

そうなのか。

ってことは……ものだまって、ほんとにいる？

鳥羽はともかく、大人がこんな嘘をつくとは思えない。

わたしはじっと鳥羽のお母さんの顔を見た。嘘をついたり、からかったりしてるような顔じゃない。

「ものだまの声はね、小さいころは、けっこう多くの人が聞いてるみたいなの。まったく聞こえない子もいるけどね。聞こえる子でも、すごく大切にしてるものの声だけがぼんやり聞こえる程度の子から、なんでもかんでも聞こえる子まで、いろいろ」

お母さんが言った。

「けど、わたしたちくらいの年になると、たいてい聞こえなくなっちゃうんだよね。小さいころに聞いたことがあっても忘れちゃったり、覚えていても夢かなにかだったと思ってることがほとんど」

鳥羽がそう言ってため息をつく。

「それはそうと……。鳥羽、また黙って、いいお茶使おうとしてたわね」

お母さんが、カウンターの方を見ながら言った。

「あ」

鳥羽が、ばれたか、という顔になった。

「ま、いいわよ。せっかくだから、お菓子も出すわ」

お母さんは笑って、カウンターに入っていった。

出てきた和菓子は、飾りものみたいにきれいだった。

「『佐保姫《さおひめ》』っていうの」

お母さんが言った。透けるように薄い、ピンクと黄緑の二枚の衣で、あんを包んだお菓子らしい。

「桜もちもあるんだけど、この時期は人気で、いつも午前中には完売しちゃうんだよね」

鳥羽が言った。

「いただきます」

少し緊張しながら、竹のようじで「佐保姫」をひと切れ、口に入れた。ふわっとしたやわらかい甘さが、口のなかに広がる。きっとこういうのを、上品な甘さっていうんだろう。そして、ほんとに春、って感じの、ほんのりした香り。

「うわあ、おいしい」

「よかった」

鳥羽のお母さんが、にこっと笑う。お母さんがいれてくれた抹茶ものすごくいい香りで、ちょっと苦いけど深みのある味だった。

「でも、なんなんですか、『佐保姫』って」

「春をつかさどる神さまよ。むかしから和歌の世界では、霞に覆われた春の山は佐保姫、秋の紅葉《こうよう》の山は竜田姫《たったひめ》と呼ばれていたらしいわ」

お母さんが言った。

「和菓子っていうのは、見立ての世界なの。季節ごとに自然のなかのなにかに見立てて、お菓子を作る。見た目、香り、味。作られた小さな世界全体を味わうの」

「七夕の季節になると、『笹の便り』っていうお菓子も出るんだよ。笹の葉の形のお菓子。それがけっこう評判で、朝から行列ができるんだ」

鳥羽が言った。

「そういえば、お店の名前も……」

「お母さんのオリジナルの和菓子のなかで、おじいちゃんがいちばんはじめに認めてくれたのが、『笹の便り』だったんだって。それに、この家、玄関までの道に笹がたくさん生えてるでしょ？　その両方から、店の名前にしたってわけ」

「ふうん……」

もう一度、店のなかを見まわす。

ここ、落ち着くなあ。落ち着くといっても、のんびりする、っていうのとはちょっとちがう。もっとふしぎな感じだ。心のなかがしんとしてくるような、いままで見えなかったものが、はっきり見えてくるような……。

「大御所」のものだまたちのせいだろうか。

「ところで、七子ちゃん。あなた、ものだまのこと、ぜんぜん知らなかったのよね？」

お母さんが言った。

「はい。さっき、はじめて見て……」

「びっくりしたでしょ。まだ、完全に信じてないんじゃ……？」

お母さんが、じっとわたしの目をのぞきこんでくる。

「え、ええ……実は……はい……」

正直にうなずいた。

「まあ、無理もないわね。いまは坂木町以外じゃ、ものだまの声はあんまり聞こえないらしいから」

お母さんがつぶやく。

「坂木町以外では、って……？」

わたしは訊いた。

「ものだまはどこにでもいるのよ。でも、なぜか、この町ではものだまの声がよく聞こえるらしいの」

「どうしてですか？」

「それは……わからない。なんでなのかは、だれも知らないの」

「でも、聞く側の問題もあるんだよね。ものだまの声が聞こえるためには、ものだまのことがわかってる人がそばにいることが大事だから」

　鳥羽が言った。

「どういうこと？」

「子どもがものだまの声を聞いたとき、まわりの大人が『それはものだまだよ』って教えてあげれば、子どもも『そうか』って思うよね？　それで、もっとよく聞こえるようになる。だけど『夢でも見たんじゃないの？』ですまされちゃうと、それでおしまい」

「あ、そうか」

「聞こえやすい家族ってのもあるみたいで……。でも、それだって、家の人全員ってわけじゃない。たとえばうちのお父さんのところだと、おじいちゃんはよく聞こえる人だけど、おばあちゃんもお父さんも、お父さんの兄弟も聞こえない」

「じゃあ、その人たちは……」

「ものだまのことは知らない。聞こえない人や、聞こえたことを忘れちゃった人に、ものだまの話をしても、信じないでしょ」

なるほど、と思った。

「で、ものだまはおとなしくて、悪いことはしない、ってさっき言ってたよね？」

わたしは、気になっていたことを訊いた。

「うん、まあね。けど、ときどき……怪異現象を起こすことはある。うちではそれを『荒《あら》ぶる』って呼んでるんだ」

鳥羽が口ごもりながら言った。

「怪異現象……？」

「ものだまは動かないし、ものを動かすこともできない。だから、怪異現象っていっても、近くにいる人の心がおかしくなるだけなんだけどね」

「おかしくなるって、どういうこと？」

少しこわくなって、ごくんとつばをのんだ。

「そんなにおびえるようなことじゃないのよ。眠くてたまらなくなるとか、妙におなかがすくとか、泣いたり笑ったりがとまらなくなる、とか。どれもちょっとしたことだし、少し時間がたてばもとにもどるんだけどね」

お母さんが言った。

「でも、原因になったものだまをつきとめてしずめないと、同じことがずっと続く。

そうするとやっぱり、いろいろ困るしね。だからだれかがしずめなきゃなんない。そこで……」

鳥羽が深呼吸した。

「『ものだま探偵』の登場ってわけ」

目がきらっと光る。

「も、ものだま……探偵……？」

わたしが言うと、鳥羽がゆっくりうなずいた。

「そう。そして……その『ものだま探偵』とは、このわたし」

鳥羽が得意顔で言った。

探偵……もしかして、あの探偵みたいなしゃべり方は……そのせいだったの……？

「でも、しずめる、って……どんなことするの？」

まさか、マンガやアニメに出てくる陰陽師《おんみょうじ》みたいな？　呪文を唱えて、結界を張ったりとか、ああいう……？

鳥羽の顔をまじまじと見る。

「言っとくけど、魔法みたいなものは使えないからね」

鳥羽が先まわりするように言った。

「え、あ、そ、そうなんだ」

なぜか、ちょっとがっかりした。

「マンガじゃないんだから。魔導師とか、陰陽師とかいうのとはちがう。うーん、言ってみれば、町の探偵さんだね」

町の探偵……？　よく、電車や電柱にはってある探偵事務所のポスター……あれのこと？　素行調査、身辺調査、浮気調査、秘密厳守……わたしたちにおまかせくださ い、みたいな？

「ものだま探偵に依頼人はいない」

鳥羽がきりっとした探偵顔になる。

「ふつうの人はものだまの存在を知らないから、変な現象が起こっても、それがものだまのしわざだとは思わない。だから、自主的に町のなかをパトロールして、ものだまのしわざと思われる事件を見つけるわけ」

依頼人がいない、ってことは、報酬もない、ってことだな。鳥羽の顔をちらっと見ながら思った。

「そして、地道な捜査で犯人を割りだす」

「犯人って……」

「怪異現象を起こしてるものだまのことだよ」

「それって、ものだまの声を聞く能力があればわかるんじゃないの？」

「甘い。魔法じゃないんだって言ったでしょ？　ものだま探偵にできるのは、ものだまの声を聞くことだけ。しかも、テレパシーじゃないから、遠くのものだまの声が聞こえるってわけでもない。要するに、人間と話すのと同じってこと。ある程度の距離まで近寄らないと、声は聞こえない」

「顔は？」

「ものだまの顔は、しゃべるときしかうかんでこない。荒ぶっているものだまは心を閉ざしているから、顔も見えない」

「じゃあ、どうやって……」

「聞きこみ、張りこみ、そして、推理……」

鳥羽の目が、またきらっと光った。お母さんの方を見ると、困ったように笑っている。

「そして、犯人を見つけたら……」

「見つけたら？」

「ふつうの探偵なら、頼まれた事件について調べて、報告書を書けば終わりでしょ？

だけど、ものだま探偵は、自分でその怪異現象をしずめなくちゃならない。なにしろ、犯人と話ができるのは自分だけだから」

「う、うん……」

「と言っても、しつこいようだけど、魔法や術は使えないから、ものだま相手にひたすら地味に説得するわけ。なんでそんな現象を起こしたのか、ものだまの気持ちを聞いて、きみの気持ちはよくわかるよ、だけどな……みたいな感じで。刑事ドラマなら、犯人にカツ丼を食べさせるところね」

カツ丼……いったいどんなドラマの話なんだろう。

「ま、ほんと、地味な仕事なんだよね」

鳥羽がうつむいて、はあっとため息をついた。

「でさ、七子。こうなったからには、ものだま探偵の仕事、手伝ってくれないかな？」

「え、ええ？　わたしが？」

ぎょっとした。手伝うって……どうしてそうなる？

「鳥羽。いいかげんにしなさい。七子ちゃん、困ってるわよ」

お母さんがたしなめるように言った。

「大丈夫。いまは力の強いものだまの声しか聞こえないみたいだけど、きたえれば、絶対もっと聞こえるようになるよ」

鳥羽がうれしそうに言った。いや、だから、そういうことじゃなくて……。

「わたしに会って、ラッキーだったんだよ。もしわたしが教えなかったら、なんか聞こえても、幻聴だと思ってるうちに、聞こえなくなっちゃう可能性だってあったわけで。そんなの、もったいないじゃない？」

「そ、そうかな」

その方がよかったんじゃないか、という気もちょっとしたけど、鳥羽の勢いに押されて、ついうなずいてしまった。

「大丈夫だって。ものだまの声を聞くことができれば、だれにでもできる簡単なお仕事だから」

鳥羽がにんまり笑った。

「まあ、自信がないみたいですし、とりあえず助手ってことでいいんじゃありませんか？」

急にフクサの声がした。

「まだ完璧に声が聞こえるわけじゃないんですから、探偵助手。というか、見習いってとこですわね」

フクサがえらそうに言う。「高飛車」って言葉はこういうときに使うんだろうな、と思う。

「そういうことじゃなくて……」

もごもご口ごもってしまった。

「まあ、あとは実際にやってみて覚えるしか、ないかな」

そう言って、鳥羽が腕組みした。

「え？」

手伝うって、まだ言ってないんですけど……。が、言い返せない。自分の気の弱さがいやになった。

「あのねえ、鳥羽もフクサも、七子ちゃんの気持ちもあるでしょ？　あんまり無理強いしちゃ、ダメよ」

お母さんが言った。

「それくらい、わかってるよ」

鳥羽が、ちょっとむすっとして答えた。

「ごめんなさいね、七子ちゃん。鳥羽のお友だちには、ものだまの声が聞こえる子があまりいなくて……。だから、うれしいのよ」

お母さんが申し訳なさそうに笑った。
そのとき風鈴が鳴って、お店にお客さんが入ってきた。

7　ぼんやり病

「ただいまー」

玄関をあけると、おいしそうなにおいがした。

「おかえり」

台所からお母さんの声がした。

「なに、これ、いいにおい」

わたしは訊いた。

「うん、今日はロールキャベツにしたの。めずらしく、お父さんも家でごはん食べるって言ってたから」

「そうなんだ」

お父さんと夕ごはんを食べるなんて、久しぶりだ。

「遅かったじゃない。どっか行ってたの？」

「うん、ちょっとね。クラスの子と帰り道、いっしょになって……」

「そうなの？　もう友だちができたんだ。よかったわね」

友だち……か……。友だちなのかなあ、鳥羽《とば》は。

お母さんの想像してるようなのとは、ちょっとちがうんだよなあ。

「宿題、してくる」

わたしはそう言って、自分の部屋にあがった。

ものだま……。ほんとにそんなの、いるんだろうか。ランドセルをあけながら思った。鳥羽にだまされた、とか？　いや、お母さんもいたんだし……フクサやカサツボはしゃべっていたわけで……。

それに、「ものだま探偵」のことは、どうしたらいいんだろう？　いつのまにか鳥羽とフクサのペースに巻きこまれて、探偵助手だか見習いだかにされてしまった。

これからは塾にも行くことになるだろうし、そんなことやってるヒマは……それに、お母さんにどう説明したら……？

どうしてこんなことになっちゃったんだろう。うーん、と頭をかかえた。

宿題が終わってリビングに降りていくと、お父さんもちょうど帰ってきたところで、すぐにごはんになった。

「ああ、疲れた、疲れた」

ジャージに着替えたお父さんが寝室から出てきて、ソファにどかっとすわる。テーブルに置いてあった新聞を広げた。わたしはお母さんに言われて、テーブルに食器やお箸を運んだ。

「ありがたいなあ。最近忙しくて、夜も買ってきた弁当を博物館で食べる日が多かったから」

お母さんが料理を運んできた。ふんわりと湯気があがる。お父さんはダイニングテーブルの方に移り、さっそく箸を取った。

「いっただっきまーす」

お母さんが席に着くより先に、お父さんはロールキャベツに箸をつけた。

「うまい」

うれしそうに言った。

「はあ、やっぱり家で食べると落ち着くなあ。もうほんと、忙しくて……職場だと、なにか食べても全然食べた気がしないんだよ」

そう言って、ビールをぐっと飲む。

「けど、博物館オープンまで、ずっとこんな感じだろうなあ。休みもあんまり取れないし。次の土日も出なくちゃならない。家の片づけ手伝えなくて、ごめんな」

「うちの方は大丈夫よ、ぼちぼちやってるから。でも、明日はもう土曜日か……。七《な》子《こ》もこの土日で、自分の部屋、片づけちゃいなさいよ」

お母さんが言った。

「わかってる」

「ちゃんと整理してるのか？　適当につっこんでると、あとでどこになにがあるのか、わからなくなるぞ」

お父さんが言った。

「わかってる、って。お父さんに言われたとおり、お母さんと百円ショップに行って、いろいろ買ってきたんだから」

「ほおお」

「百円ショップって、なんでもあるんだね。びっくりしちゃった」

「ほんとよね。びっくりするようなものまで百円で、しかも、けっこうちゃんとしてるんだもの。便利な世の中よね。あそこで生活用品一式そろっちゃいそう」

「だろ？　引っ越しのときいろいろ考えて箱につめて運ぶより、全部捨ててあたらしく買い直した方が安くあがるかも、なんて言ってた人もいたなあ」

お父さんは笑って言った。

「まあ、ふたりとも無理するなよ。お母さんも引っ越しまであんまり寝てなかっただろ。ソファで居眠りしてたって、七子から聞いたよ」

お父さんに言われ、お母さんがほっぺたに手をあてた。

「やっぱり、疲れてるのかしら。実は……今日も午前中、ちょっとソファで休んでたら、いきなり時間がとんじゃって」

お母さんがため息をつく。

「はっと気づいたら、お昼すぎだったのよ。ソファにすわったのは十時ごろだったはずなのに、二時間以上時間がとんじゃってて。銀行に行かなくちゃならなかったから、パンだけかじって、あわてて家を出て……」

「おいおい、大丈夫なのか？」

「寝てたんじゃないの？」

「眠ってはいないと思うんだけどなあ……。片づけ物の途中で出てきたむかしのアルバムをちょっとながめて……」

「アルバム？」

「そう。すごくむかしのが出てきたのよ」

「わたしが小さいころ？」

「ううん、もっとむかし。大学時代のやつとか」

「うそ。お母さんの若いころってどんな感じだったの？　その写真、見せて」

「いいけど……」

お母さんは照れくさそうに笑った。


ごはんが終わると、お母さんがアルバムを出してきた。

「うわっ、若いっ」

思わず声をあげる。写真のなかのお母さんは、ふわっとパーマをかけたショートヘアだった。

「わー、このカッコ、はずかしい」

お母さんは叫んで、キッチンに行ってしまった。

何ページかめくると、古い町並の写真が出てきた。建物はすべて石造り。通りにも石が敷きつめられている。

「これ、どこ？」

アルバムを持ちあげ、キッチンにいるお母さんに訊いた。

「ああ、それ……ドイツのいなかの町よ。きれいでしょう？」

「すごい、きれい……。映画の舞台みたい。お母さん、ここ、行ったんだ？」

「うん」

「いつ？」

「大学生のとき。はじめてのひとり旅でね」

お皿を拭きながらお母さんが得意げに言った。

「えっ、ひとり旅？」

「そうよ。学生のころ、ひとり旅に行った先輩がすごくカッコよく見えて、あこがれてね」

そう言って、食器を棚にしまう。

「よくひとりで行ったよなあ。あとで話を聞いたときはびっくりしたよ」

「わたしなりにがんばったのよ」

お母さんが笑った。

「おおっ、こっちは、アイルランドのときの写真だ」

お父さんが、別のアルバムを広げる。

「アイルランド?」

「新婚旅行だよ」

「へえっ」

わたしはお父さんの見ているアルバムを横からのぞきこんだ。

「旅行中、お母さんはずっと大はしゃぎだったなあ。ファンタジーの世界に来たみたい、って」

本好きのお母さんは、ファンタジーやむかしの小説の舞台になった場所を、謎の遺跡が好きなお父さんはストーンサークルを見たくて、アイルランドを選んだらしい。

「なに見てもすてき、すてきって、大さわぎで……。どこに行っても時間がかかったんだよ」

「だって、どこもすてきだったんだもの。なんだかね、ほんとにここでなにかふしぎな物語がはじまりそうな感じがして……」

「それにしてもさ。ダブリンのトリニティカレッジの図書館に行ったときなんかね、もう岩みたいに動かなくなっちゃって」

お父さんがくすくす笑う。

「だって、すごかったのよ。司書にとっては、あこがれの場所ですもの。ああ、もうここに住みたい、って思っちゃったくらい」

「そうだ。ほら、これこれ」

お父さんがアルバムをめくって、写真をさした。

「うわあ、信じられない、こんなとこ、ほんとにあるの？」

ドームのように丸くなった天井の両脇に、天井までぎっしり本がつまった木の本棚。

映画のなかの世界にしか見えない。

「実物を見たら、もっと感動するわよ。しかも、いまでもちゃんと図書館として使われてるんだから。そこで実際に勉強や読書をしてる人たちもいるのよ。うらやましくなっちゃった」

「ヨーロッパの古い町はたいてい、町並を守る条例があるからな。古い建物はこわせない。修理して使っていかなくちゃならないから、住んでる人たちにとっては不便なところもあるんだろうけど、景色はきれいだよ、ほんとに」

お父さんが言った。

「でも、お父さんだって、すごいマニア向けの地図を買っちゃってさ、へんぴな場所にあるストーンサークルまで全部まわるって言い張って……車がUターンできないような道に入りこんで、大変だったじゃないの」

お母さんが笑いながら言った。

「そんなこともあった……か。若かったんだな、ふたりとも。でも、世界には、そういうすばらしいものがたくさんあるんだ。いつか、七子も連れてってやるよ」

お父さんの目が、いつになくきらきらしていた。お母さんもだ。なんだかふしぎな気持ちになって、写真をもう一度見た。

写真のなかのお父さんとお母さんは、とても若い。お父さんはいまよりずっとやせていて、少し気取った表情をしている。お母さんの顔も、なんだか大学生のお姉さんみたいだった。

わたしがまだアルバムのページをめくっていると、お母さんが言った。

「あ、そうだ」

「桜もちがあったんだ。食べる？」

「食べるー！」

思わず叫んだ。

お母さんはお茶をいれ、小さなお皿に載せた桜もちといっしょに運んできた。小さめだけど、つやっとして、上等そうなお菓子だ。

「う、こ、これは……」

口に入れた桜もちがあまりにもおいしくて、思わず声が出た。

「えらくうまいな」

いつもは和菓子に興味のないお父さんも、目を丸くしている。

鳥羽んちの「佐保姫《さおひめ》」に続いて、一日にふたつもこんなおいしい和菓子にめぐりあうなんて。今日は、和菓子ラッキーデーだ。

しっとりした皮に、ちゃんと豆の味がする上品なあんこ。桜の香り。塩気もちょうどいい。食べ終わるのがもったいなくて、ゆっくり少しずつ食べた。

「これ、どこで買ったの?」

「おとなりにいただいたのよ。ほら、引っ越しのごあいさつに行ったでしょ? そのお礼だって、今日、持ってきてくださったの。おいしいわねえ、このへんじゃ有名なお店らしいわ。どこにあるのかしら。今度訊いてみようっと」

お母さんはそう言って立ちあがった。

お父さんはいちばんにお風呂に入り、出るとすぐに寝てしまった。次にわたし、そのあとお母さんが入った。

飲み物を探して冷蔵庫をあける。そのとき、調理台の隅にたたんである包み紙が見えた。

〈和菓子　笹の便り〉

包み紙には、きれいな笹の絵といっしょに、そう書かれていた。

「ああっ」

はっとした。これ、鳥羽んちじゃないか。

あの桜もち、鳥羽んちのだったんだ。そうか、やっぱり、あのお店、このあたりじゃ有名なんだな。

鳥羽の家。

……ものだま。

あれ、ほんとだったのかな。こうして家に帰ってきてみると、やっぱりものだまなんているわけない、という気がしてくる。

「七子、どうしたの？」

お母さんの声がした。いつのまにかお風呂から出てきていたらしい。

「あ、ううん、なんでもない」

首を横に振る。

「そういえばさ、この桜もちなんだけど……」

わたしは包み紙を指さして言った。

「わたし、このお店、知ってるよ」

「え？」

「今日いっしょに帰った子の家のお店なんだよ。帰りにわたしも寄ったの」

「ほんと？」

「うん。わたしもびっくりしたんだけど……。でね、そのとき、『佐保姫』ってお菓子もごちそうになって……」

「やだ。そんなことがあったなら、ちゃんと言ってよ。お母さんにごあいさつしないと……。何度も言ってるでしょ、お友だちのおうちにおじゃまして、なにかいただいたら、ちゃんと教えてって」

「ご、ごめん……」

だって、さっきはものだまのことで頭がいっぱいで……それどころじゃなかったんだもの。

「そのお店、どこにあるの？　今度、ごあいさつにうかがわないと」

「北口商店街のはずれだよ。店が少なくなるあたり。でも、ちょっとわかりにくいかも。入り口がね、通りから見えないの。小さい門にお店の名前が出てるんだけど、ふつうの家みたいなんだ」

「ふうん」

お母さんが包み紙を見つめる。

「でも、七子、よかったじゃない。安心したわ」

「え、なんで？」

「転校する前、あたらしい学校でうまくやっていけるか心配してたじゃない？　もっと人見知りするのかと思ってたら、けっこうすぐになじめたのね」

お母さんが感心したように言う。

「い、いや、そういうわけでも……」

「それとも、その子とよっぽど気が合った？」

「え、あ、ああ……うん。そ、そうだね」

気は……別に合ってない、んじゃないかなあ……。なんて言ったらいいのかな？

「で、どんな子なの？」

どんな子って……。ますます答えに困った。

「えーと……背が低くて……ちょっと……変わった子」

「変わった子？」

　お母さんが首をひねった。

「あ、ああ、別に、変だってわけじゃないよ、そ、そう、趣味が変わってる、っていうか」

　あわててごまかした。

「あ、そういえば、ここに越してきた日、トランク運ぶのを手伝ってくれた子がいた、って話したでしょ？　その子なんだ」

「へええ。なあに、じゃあ、その子が偶然同じクラスだった、ってこと？」

「そうなの。最初は驚いたよ」

　でも、もっと驚くことがあったんだけど……そっちの話は、まあ、いいか。

「ふうん、じゃあ、そのときのお礼もあるし、今度うちにもその子、連れてきてよ」

「う、うん……わかった」

　あいまいに答えた。

「……今日はずいぶんあったかかったね」

「うん、でも、このぶんだと明日は降るよ。もう桜もしまいだねえ」

どこからか、ひそひそ声がする。

はっとして目をさました。

身体を起こし、あたりを見まわす。

真っ暗だ。時間は……夜中の二時。

ひそひそ声が、ぴたっとやんだ。部屋のなかがしーんとする。

だれ？

——やっぱりいいねえ。子どものモノダマは。

急に、その声を思いだした。最初にこの部屋でふしぎな声を聞いたときに、男の方の声がそう言っていた。

モノダマ……ものだま？

思わず、うわあっ、と叫びそうになった。

もしかして、これ、ものだまの声なの？

心臓がどきどきしてくる。鳥羽んちでものだまの話を聞いたとき、なんでこのこと、思いださなかったんだろう？

この声、もしかしたら鳥羽が話してた、ものだま？

「ねえ、だれがしゃべってるの？　もしかして、ものだま？」

そうっと、ささやくように訊いた。

返事はない。あたりの気配が、さらにしん、とした。だれかが聞き耳を立てているような気がした。

「なにについてるものだまなの?」

そう言って、耳をすます。

「……聞こえるのかい?」

「うん」

ゆっくりうなずく。

「わたしだよ」

しばらくして、声が言った。

「だれ? どこにいるの?」

ベッドからおり、豆電球の弱いあかりのまま、声のした方に歩きだした。

「こっちこっち」

入り口の近くの、柱の方から声が聞こえる。

「柱? あなたなの」

どきどきしながら、柱に話しかけた。

「そうだよ」

ぼんやり柱を見あげた。さわってみると、ちょっとでこぼこしているところがある。目を凝らしてよく見ると、何本も傷があった。電気をつけて、もう一度見る。きざんだ傷の横に、カタカナで名前のようなものも書かれていた。

「これって、背を計ったあと……？」

こういうの、わたしもやったっけ。前のアパートで。賃貸だったから、鉛筆で印をつけた。引っ越しのとき消そうとしたけど、完全には消えない、ってお母さんが困っていたっけ。

「そうだよ」

柱が言った。

「ここは前も、子ども部屋だったんだ。男の子と女の子がひとりずつ。最初はふたりともここにいて、大きくなると、向こうとこっち、ふた部屋に別れた。もうずいぶん前のことだけどね」

柱の表面に、ぽわん、と顔がうかびあがる。

「さっきあなたが話してた相手は？」

ハシラに訊いてみた。

「わからないかな？」

ハシラが笑った。

「じゃあ、ヒントをあげよう。きみが毎日背負ってるもの」

「え？」

あわててふりかえる。

「七子、聞こえるんだ」

ランドセルから声がした。びっくりしたような男の子の声だ。

「ランドセル？　あなた、ものだまが……？」

わたしも驚いて言った。知らなかった。わたしのランドセルに、ものだまがついていたなんて。

「まあね。七子、ここ、なかなかいい部屋だね。ボクも気に入ったよ」

ランドセルがうれしそうに言う。気取って大人っぽくしゃべろうとしているけど、小学一年生くらいって感じだ。

「わたしもうれしいよ。また人が住むことになって、にぎやかになった。あたらしい住人は、かわいくてやさしそうなお嬢さんだしね」

ハシラが笑った。なんだか照れくさくて、なにも答えられなかった。

なんだか、あんまりこわくない。というか、全然こわくない。

鳥羽が言ってたっけ。ものだまは、人からよく話しかけられるものに宿るんだ、って。

そういえば、わたしは、むかしからしょっちゅうこのランドセルに話しかけていた。友だちとケンカしたときとか、学校でうまくいかないことがあったとき、ひとりで背中のランドセルに話しかけながら帰った。勉強したくない、とぶつぶつ文句を言ったこともある。

「かわいくてやさしい、ねえ。それが、そうでもないんだよね。七子は気に入らないことがあると、ボクの頭をぽかぽかたたくし……」

ランドセルが言った。

「そ、そんなこと……」

あわてて黙らせようと、ランドセルをかかえこむ。してない、とは言えない。一回だけ、すごくくやしいことがあって、ランドセルのふたをたたいたことがある。でも、一度だけだ。

それにしても、あそこが頭だったとは……。

ランドセルをじっと見る。ハシラがはっはっは、と笑った。

「でも、男子がボクのこと取りあげようとしたときは、泣きながら守ってくれたし。意気地はないけど、いいやつではあるよね」

生意気な調子でランドセルが言った。

お母さんにもお父さんにも友だちにも言えないことでも、ランドセルになら言えた。ランドセルは、なにも言わない「もの」だから。だから安心して、なんでも話せた。だけど……。ってことはつまり、ランドセルはその話を全部、聞いてた、ってこと？

はずかしくて、顔が熱くなった。

8　ものだま探偵

翌日は、ハシラが言っていたとおり、雨が降った。

その日から、夜はちゃんと眠れるようになった。夜中に目がさめて、ランドセルやハシラの話し声が聞こえることもあったけど、ものだまだとわかったから、もうこわくない。

だけど……。別の問題が起こっていた。

土曜日の午前中、お母さんが買い物に出たときのことだ。わたしがリビングのソファにすわっていると……。突然、時間がとんだのだ。

寝たつもりはなかった。ちょっとすわっただけ。なのに、気づくと、目の前に買い物からもどったお母さんがいて、もうお昼だと言う。一瞬のはずが、二時間以上たっていたことになる。お母さんやお父さんに起こったのと同じ現象だ。

そのあとも……。ひとりでリビングにいると、なぜかそういうことになる。家族三人ともだ。リビングにいる時間の長いお母さんがいちばん多かったが、夜遅く帰ってきたお父さんも、何度か時間がすっとんだと言っていた。

「こりゃ、相当疲れてるな。ぼんやり病だ」

お父さんは苦笑いした。そんなわけで、段ボール箱はなかなか片づかないし、ごはんも出てきたりこなかったり。

「このソファにすわると、よくそうなるみたい」

お母さんはそう言って、ソファにすわることをさけるようになってしまった。


月曜も火曜も、なぜかいつもほかの子が近くにいたので、鳥羽《とば》と会っても、なかなかものだまの話をできずにいた。水曜日の帰り道、ようやく鳥羽とふたりになり、さっそく家のものだまたちのことを話した。

「へえ」

鳥羽がにやっと笑った。

「で、なんの声が聞こえたの?」

「いまのところはっきりわかるのは、わたしの部屋のハシラと……それからこのランドセル」

わたしは肩を動かし、背中のランドセルを揺すった。

「この子？」

鳥羽がわたしの背中のランドセルを見つめる。

「こ、こんにちは、です」

ランドセルが小さな声を出した。わたしにはえらそうにあれこれしゃべるけど、鳥羽には、人見知りしているらしい。

「こんにちは。へえ、かわいいね」

「よ、よろしくお願いします」

ランドセルは消えいりそうな声で言った。

「ねえ、七子。今日、なんか予定ある？」

「ううん、別になんにも……」

「じゃあ、七子んち、行ってもいい？」

「え、うちに？　まだちゃんと片づいてないんだけど……」

「いいよ、いいよ、そんなの」

鳥羽は、まるで気にしていないふうに言った。

玄関のベルを押しても、だれも出てこない。鍵をあけて家に入った。

「おじゃましまーす」

靴をぬぎながら、鳥羽が言った。

ダイニングテーブルの上にお母さんの書き置きがあった。

『ちょっと買い物に行ってきます』

「ねえ、七子の部屋って、どこ?」

鳥羽が訊いた。

「二階」

「行っていい?」

「いいよ」

飲み物とお菓子を持って、いっしょに二階にあがった。

「ふうん。いい部屋じゃない」

部屋に入ると、鳥羽があたりを見まわして言った。

「そうかな?　このうち、なんか古くて……」

「え、そこがいいんじゃない?　アジワイがあるっていうのかな。わたしは好きだけど。この部屋もなかなかいいと思うよ。天井がななめになってて、屋根裏部屋みたいだし」

鳥羽は窓に近づいた。

「そ、そう？」

ほめられると、悪い気はしなかった。

言われてみれば、そうかもしれない。住宅展示場のモデルハウスは、きれいだったし、うきうきした。この家は、そういうのとはちがう。けど、落ち着く。なにかに包まれてるような感じがする。鳥羽の家のお店と同じ。いつのまにか、そう思うようになっていた。

「窓も大きくて、いいね。へえ……庭の木が見えるんだ」

外から鳥の声がした。

「うわ、すごい。これ全部、七子の本？」

本棚の前で、鳥羽が言った。

「うん、まあ……。うちのなかじゃ、少ない方だよ。みんな本好きだから、お父さんお母さんはもっと持ってる」

「そうなんだ……」

鳥羽は本を端から順にながめた。

「あっ、『シャーロック・ホームズ』のシリーズもあるじゃん。うわ、『ミス・マープル』も。すごい。探偵もの、けっこう持ってるね」

鳥羽が本を引っぱりだした。やっぱり……探偵を名乗るだけあって、鳥羽はミステリーが好きみたいだ。わたしは少しうれしくなった。


「あれ？　あの時計、止まってない？」

しばらくして、鳥羽が机の上の目覚まし時計を指さして言った。

「あ、ほんとだ」

たしかに、針が十二時すぎをさしたままだ。

「よかった。気がつかないでいたら、明日寝坊するところだよ」

わたしは時計を取りあげ、裏側のふたをあけた。

「電池は……。えーと、単三だ」

なかを見て、大きさを確かめながら言った。

「電池、ある？」

鳥羽が訊いてきた。

「あ、たしか、机の……いちばん上のひきだしに……」

時計のなかの古い電池を取りだしながら答えた。

「ここ？」

鳥羽の声がした。見ると、机のひきだしの取っ手に手をかけている。

「そう」

答えて、立ちあがる。

「あれ？」

鳥羽が首をかしげる。

「このひきだし、あかないんだけど」

「え？」

わたしもいっしょに、ひきだしを引っぱった。たしかに、あかない。

「嘘。どうしよう、あかない」

「鍵、かけた？」

「ううん。そのひきだし、鍵ないもん」

「そう言われてみれば、鍵穴、ないな」

鳥羽はふーむ、とうなり、ひきだしに顔を近づけた。

「内側から、なにか引っかかってるんじゃありません？」

鳥羽のポケットのあたりから、フクサの声がした。

「それはないと思うよ。そんなにパンパンには入れてないし。どうしよう、自転車の鍵もそこに入れたのに」

もう一度引っぱってみたが、ぴくりとも動かない。

「これは、もしかしたら……」

鳥羽が腕組みをした。

「ねえ、七子」

「なに？」

「ここに越してきて、変わったこと、なかった？　変なこと、っていうか」

「変なこと、って……変なことばっかりだよ、ここに越してきてから」

ものはしゃべるようになるし、ものだま探偵の助手とか言われるし、正直、ふつうのことの方が少ないくらいだ。

「家族全員、ぼんやり病にはかかるし……」

「ぼんやり病？」

鳥羽の目が、きらっと光った。

「ひとりでリビングのソファにすわってると、なんか、時間がとんだみたいになっちゃうの。あっという間に二時間くらいたっちゃって……」

「うーん」

鳥羽がうなって、目を閉じた。

「どうしたの？」

そう言って、鳥羽の顔をのぞきこんだ。

「……事件のにおいがする」

鳥羽の目がぱっと開いた。

「事件？」

「ものだまだよ。ものだまが『荒ぶってる』気配がぷんぷんする」

鳥羽の口調が探偵っぽくなった。

「荒ぶるって、笑いがとまらなくなるとか、眠くなるとかっていう、あれ？　でも、まさかうちでそんなこと……」

「起こるのか？　起こるんだよ。だいたいね、この町以外でも、ほんとはしょっちゅう起こってるんだよ。わけもなく起きる変なことって、ものだまのしわざのことも多いんだ。人間が気づいてないだけで」

鳥羽がふん、と鼻を鳴らした。

「けど、ものだまはものは動かせない、って言ってなかった？　どうしてひきだしが動かなくなるの？」

「これはたぶん、ほんとうにひきだしがあかなくなったんじゃない。わたしたちがあけられなくされてしまった、ってこと」

「それ、どうちがうの？」

「ひきだしが動かなくなったわけじゃない。でも、あけようとする人の心の方にストッパーがかかって、あかないと思いこまされている……そういうことですわ」

　フクサが言った。なんだかよくわからないけど……。

「この机……新品だよね？」

　鳥羽がそう言って、机をなでた。

「そうだよ。ここに越してくるとき買ってもらったんだ」

　そう答えると、鳥羽は机の前に立ったまま、またまた、うーん、とうなった。

「って、ことは……」

　鳥羽がひきだしをじっと見る。

「このなか、なにを入れた？」

「このひきだしのなか？　えーと、なに入れたっけ？　越してきた日によく考えずに入れたから、あんまり覚えてないんだけど……。深くないから、細かいものをしまった気がする。きれいなボタンとか、鍵のたくさんついたキーホルダーとか……」

「鍵？　家の鍵はさっき持ってたじゃない？」

「この家の鍵は、ね。次の日にもらったから、そのキーホルダーにはつけてなかったんだ。ついてたのはほとんど、もう使ってない鍵」

これもあとでちゃんと整理しないと、と思ったんだよなあ、あのとき。

「なんで使ってない鍵をしまうんですの？」

フクサが口をはさんできた。

「いや、なんていうか、長いこと使ってきたから捨てられないっていうのか……記念に取っておこう、みたいな……」

「なるほどねえ」

「でも、なんで？　なんでなかになにが入ってるか、なんて訊くの？」

わたしがたずねると、鳥羽がこっちを見て、にやっと笑った。

「決まってるでしょ？　この机は新品で、ものだまはいない。だから、怪異現象を引き起こしてるのは、机じゃない」

「そうか……中身……」

「そういうこと。このなかに入っているものが、ひきだしをあけさせないようにしてる可能性が高い」

「でも、なんのために?」

「さあね。まあ、いちばん考えられるのは、自分がここから出たくない、ってことかな?」

「出たくない……?」

どういうことだろう。ものが外に出たくないって……。

「これは、まちがいなく、ものだま探偵の出番だな」

鳥羽の目がまた、きらっと光った。

「まずは、このなかになにを入れたか、全部思いだしてもらわないと」

鳥羽が言った。

「全部って言われても……」

小さいものがごちゃごちゃあったからなあ。全部思いだせるかな?

「このひきだしに入ってるものたちが、容疑者。そのなかで、取りだされたくない動機のあるやつを捜す。捜査の第一歩よ」

鳥羽はポケットから手帳とシャープペンを取りだした。

「とにかく、覚えてるもの、全部言って」

手帳を広げ、シャープペンの芯を出す。

「えーと、ボタンでしょ、さっき言ったキーホルダーに、幼稚園のときの名前のバッジ、前の小学校でもらった運動会のメダルと……あと、むかしビーズで作ったブレスレットと、おばあちゃんからもらったおはじきとビー玉、海でひろったビーチグラス、お守りの鈴と……」

少しずつ思いだしてきた。

「いかにも子どもの宝物、って感じだね」

鳥羽がため息をつく。

「というより、はっきり言って、ガラクタですわね」

フクサが言った。思いきりかちんときたが、無視した。

「最近、そのなかのものをこわしてしまったとか、捨てようとしたとか、そういうのはありませんこと？」

フクサが言った。

「ないと思うけど……」

「ふうん……」

鳥羽は首をひねりながら、メモした手帳をながめた。

「ねえ、鳥羽。さっき話した『ぼんやり病』も、ものだまのしわざなの？」

「たぶん」

鳥羽がうなずく。

「時間をとばすなんて、いかにも、ものだまがやりそうだからね」

「でも、ぼんやり病が出るのは、ここじゃないんだよ。リビング。でも、それでもひきだしと関係あるのかな？」

「うーん。そこがちょっと、わからないんだよなあ」

鳥羽が首をひねる。

「でも、わたしの勘では……このふたつはまちがいなくつながっている」

「同じものだまのしわざか、別のものだまかはわからないですけど、ものだまがかかわっている可能性は高いですわね。引っ越しのあとって、ものだまもなにかと不安定になるものですし」

フクサが言った。

「じゃあ、ちょっと下にも行ってみようか」

鳥羽に言われ、いっしょに階段を降りた。

「これまでぼんやり病になったときって、どんな感じだったの？」

鳥羽が訊いてきた。

「ええと、最初は……学校がはじまって二日目だったかな。帰ってきて、自分の部屋の片づけをして……気がついたら、いつものごはんの時間はとっくにすぎてて、おかしいなあ、と思って下に見にきたら、お母さんがこのソファにすわって、ぼんやりしてたんだよね」

わたしはソファのそばに立って言った。

「それから？」

「次は、お父さんだったかな。夜中、電気もつけないで、このソファにすわってたことが何度か……」

「いつも、ソファなんだね？」

鳥羽がソファのそばにしゃがみこむ。

「うん。わたしのときもそうだったけど、このソファにひとりですわってると、なるんだよね。だから、お母さんなんか、ひとりのときはソファにすわらないようになっちゃって……」

そこまで言って、はっとした。

「このソファが、犯人なの？」

声をひそめて鳥羽に訊いた。ソファに聞かれたらまずい、と思ったのだ。でも、鳥羽は答えない。

「声は聞こえませんわね。でも、ただ黙っているだけかも……」

かわりにフクサが答えた。

「犯人じゃない気がする。七子の部屋のひきだしと関係があるように思えないし……」

立ちあがって、鳥羽が言った。

「そうなんだ」

ちょっとがっかりした。やっぱり、そう簡単にはいかないらしい。

「ほかに、この部屋にあるもの……」

鳥羽がじっと耳をすます。

「あの窓。ものだま、ついてるようですわ」

フクサが言った。

鳥羽が窓の前に立って、話しかける。わたしも耳を近づけたが、なにも聞こえない。

「聞こえないよ」

わたしが言いかけると、鳥羽が、しっ、と指を口にあてた。

「うん、うん」

鳥羽が小さくうなずく。どうやら鳥羽には、窓の声が聞こえているらしい。

「わかった。ありがとう」

鳥羽が窓をなでて、ふりむいた。

「聞こえたの？」

「うん。しずかな声だからね。七子にはまだ聞こえないかも。やさしそうなものだまだよ」

「で、どうなの？」

「わからないって。でも、わるさをしてるのは、むかしからこの家にいるものだまじゃ、ないんじゃないか、って」

鳥羽が言った。

「前に住んでいた人たちが出ていくときは、人間や家具との別れをさびしがっていたものだまもいたみたいですけど、いまはもう落ち着いてる、って言ってますわ」

フクサも言う。

「みんな、あたらしい人間が入ってきて、めずらしいからずっと観察はしてるけど、荒ぶるような原因はないみたいだね」

鳥羽が言った。

「ってことは、わたしたちが連れてきたものだま、ってこと？」

わたしは訊いた。

「そういうことになるかな」

鳥羽が部屋を見まわしながら言った。

「この部屋のものとはかぎりませんわよ」

「じゃあ、キッチンは？　お母さん、お料理するとき、よくひとりごと言ってるし、いろんなものに話しかけてる気がする」

「なるほど」

鳥羽がうなずいて、キッチンに向かった。

「うわっ」

戸棚をあけたとたん、鳥羽はぎょっとしたようにあとずさった。

「ど、どうしたの？」

変な虫でも出たような驚き方だ。あわててかけよった。

「な、なに、この戸棚のなか……ものだまだらけ」

「え？」

わたしは驚いて戸棚をのぞきこんだ。いつも使っている、鍋、フライパン、大皿、サラダボウル……。どれにものだまがついてるの？

「ど、どれについてるの？」

「どれ、って……ほぼ全部ですわ」

フクサがあきれたように言った。

「ぜ、全部……？」

わたしもあっけにとられた。

「たしかに、うちのお母さん、ものによく話しかけてるけど……」

さすがに大人なので、ほかの人がいるところではしないように気をつけているみたいだけれど、家のなかでは、お気に入りの食器やバッグに、「どうしたらいいと思う？」と話しかけたり、愚痴をこぼしたりしている。

「すごいなあ。こんなの、あんまり見たことないよ」

「わたしも、お母さんの癖が移っちゃったのかな、自分では気づかなかったんだけど、しょっちゅう、ものに話しかけてるみたいで……」

ときどき外でその癖が出て、前の学校の友だちにも、よく笑われていた。

「しっかし、よくここまで……」

鳥羽が感心したような、あきれたような声で言った。

わたしにはまだ聞こえないけど、ほんとにこれからどんどん聞こえるようになったら……この家のなか、そうとう、にぎやかなんだろうなあ。そのときのことを想像して、はあ、とため息をついた。

「でも、ここにはいないようですわね、犯人は」

フクサが言った。

「だね。ほかの戸棚は……?」

鳥羽はひとつひとつ戸棚をあけ、なかを確かめている。なんだか鳥羽たちの予想以上にたくさんのものだまがひしめいているようで、鳥羽もフクサもびっくりしていた。

でも、犯人らしいものだまはいないみたいだ。

「うーん、どこなんだろう?」

鳥羽が考えこむ。

「やっぱり、リビングでしょうか」

フクサが言った。

「そうだなあ。もう一度もどってみるか」

鳥羽はリビングにもどり、ソファの前のテーブルを見た。テーブルの横のマガジンラックにアルバムが置いてあった。

「このアルバム……古いね」

鳥羽がアルバムに目をやった。

「ああ、それ？　お母さんが若いころの写真なんだ」

わたしが答えると、鳥羽はアルバムを手に取った。

「声は……しないみたいですけど……」

フクサが言った。

「これね、引っ越しの片づけで出てきたんだって。お母さんの大学時代のひとり旅とか、新婚旅行とか……すっごいきれいな風景の写真がたくさんあるんだよ」

「へえ……ちょっと、見せて」

鳥羽がアルバムを開く。大学時代のドイツ旅行のときのだった。レンガ造りの町並、お城に、湖。きれいな風景が次々にあらわれる。

「あれ、このトランク……」

鳥羽がぽつんとつぶやいた。

「え？」

鳥羽の横から、写真をのぞきこむ。レストランのような場所に、若いころのお母さんがひとりですわっている。

よく見ると、お母さんの椅子の横に、見覚えのあるトランクが写っていた。

「このトランク、七子がこないだ運んでたやつじゃないの？」

鳥羽が言った。レストランのなかは暗い。夜みたいだ。でも、まちがいない。いまとちがって新品だけど、まちがいなくあのトランクだ。

そういえば、お母さん、前に、あのトランクははじめて海外旅行に行くときに買った、って言ってたっけ……。

「あれ、お母さんのだったんだよ。そうか、このときだったんだ、あのトランク買ったの」

ということは……。お母さんはずっとあのトランクを使ってるって言ってたから、じゃあ、アイルランドへの新婚旅行のときも……？　もう一冊のアルバムをめくった。新婚旅行の空港での写真でも、お父さんと並んだとなりにトランクは写っていた。

「あのトランク……ものだまがついてた……」

鳥羽がつぶやく。

「え？」

「キャスターのことも、トランク自身から聞いたんだ」

トランク自身から？　そうだったのか。だからあのとき、鳥羽はわかったんだ。ビーズがはさまってることも、なかに入ってるもののことも……。

「あのトランク、どこにあるの？」

鳥羽に言われ、はっとした。

「ええと、あの日、ここに置いて……」

リビングを見まわしたが、ない。

トランク、どこに行ったんだ？

ソファから立ちあがって、部屋のなかを捜す。

「これじゃない？」

うしろから鳥羽の声がした。

「え、どこ？」

ふりかえると、鳥羽がソファのうしろを指さしている。

なんと、トランクは……ソファと壁のあいだに押しこまれていた。

9 解決《かいけつ》

鳥羽《とば》とふたりで、トランクを引っぱりだした。

鳥羽がしゃがみこみ、話しかける。だが、答えは聞こえない。トランクの声が小さすぎて、わたしにはまだ聞こえないのかな、と思ったけど、鳥羽の様子を見ていると、どうもそうじゃないらしい。

「ダメだ。完全に黙りこんじゃってる」

鳥羽が立ちあがって言った。

「でも、これで、かえってはっきりした。犯人は、このトランクだね」

鳥羽が言いきった。

「え、どうして？」

「ものだまが怪異現象を起こすのは、たいてい、怒ってるとか悲しんでるとか、強い感情を持っているときなんですの。相手を拒んで、心を閉ざしているから、口もきかないし、顔もうきあがらない。人間も同じでしょ？　そういうときは、ただ怒ったり、泣いたりするだけで、話すなんてできませんわよね」

フクサが言った。

「みんながぼんやり病になるっていうソファのうしろにあったし、トランクが犯人なのは、まずまちがいない」

鳥羽が目を細くしてトランクを見た。

「でも、問題は……動機だね」

鳥羽が首をひねった。

トランクが荒ぶる理由……。いったいなんだろう。

「この前わたしが会ったときは、別にふつうだったよ。荷物をたくさん入れられて、疲れてるみたいだったけど、怒ったり、悲しんだりはしてなかったし、引っ越しをいやがってるって感じでもなかった。つまり、おかしくなったのは、この家に着いてからってこと。家と相性が悪かったとか、なんかあったのかもしれないけど……それがなんなのかわからないと、説得できない」

鳥羽が、ぶつぶつつぶやく。

「見習い、なんか心あたり、ありませんの？」

フクサがまたしても高飛車に言った。

「そう言われても……」

思いあたることなんか、なにもない。

「ずっと放りっぱなしにしてたのがいけなかったのかなあ」

「中身、入ったままなんだよね？　どうしてすぐにあけなかったの？」

鳥羽が言った。

「入ってるのはむかしのものばかりで、大事だけど、すぐに使うものじゃなかったから。重くて、二階まで持ってあがる気力もなくなっちゃって、ついあとまわしに……」

「なるほど。でも、それくらいのことで、ここまで怒るとも思えないね」

鳥羽が首をひねる。

「トランクじゃなくて、中身に原因があるってことはないかな？」

わたしは言ってみた。とりあえずあけてみよう、とトランクに手をかける。そのとき、鍵のことを思いだした。

「そうだ、このトランク、鍵がないとあかないんだ。鍵は、ええと……」

あれ？　どこだったっけ……？

引っ越してきた日、トランクをここに置いたまま、自分の部屋にあがって……。それから……どうしたんだっけ？

「ちがうわね」

そのとき、フクサの声がした。

「なかに入っているものは、関係なさそうですわ。なかにもものだまはいるけど、荒ぶっているものはいないみたい」

「ところでさ、むかしの大事なものって言ってたけど、具体的にはなんなの？」

鳥羽が言った。

「小さいころの絵本とか、ぬいぐるみとか、友だちと粘土で作った花びんとか……」

「またしても、ザ・ガラクタですわね」

フクサがあきれたように鼻を鳴らす。

「ガラクタじゃないよ。ぬいぐるみだって友だちからもらったプレゼントだし、幼稚園の卒園アルバムとか、一年生のとき作った旅行記とか、全部大事なものなんだよ」

わたしはむっとして答えた。

「七子って、物持ち、いいんだね……」

鳥羽があきれたように言った。

「わたしもけっこういい方だけど……。だって、ものだまの声が聞こえるから、なかなか捨てられなくてさ。でも、七子はわたし以上かも」

物持ち……？

なにかが、心に引っかかった。

——お母さんはむかしから、物持ちいいから。

——古いし、いまは軽いのがたくさん出てるし、そろそろ買いかえてもいいと思うんだけど。

耳のなかにお父さんの声がよみがえった。

買いかえる……？

「そういえば……ここに引っ越してきた日に、お父さんが、このトランク、そろそろ買いかえた方がいいんじゃないか、って……」

つぶやくように言った。

「え？」

鳥羽の目つきが変わる。

「重いし、古いし、あたらしいのを買った方がいいんじゃないか、って……。本気で言ったんじゃないと思うよ。だって、お母さん、このトランクをずっと大事にしてたから。はじめてひとりで海外旅行に行くときに買ったトランクなんだ、って」

もごもご言った。

「でも、お父さんは、そう言ったんだよね？」

鳥羽が鋭い目つきになる。

「う、うん……」

たしかに、あのときお父さんはそう言った。

トランクのそばで。

「そのとき、トランク、すぐそばにあったんだ。だから、捨てられると思いこんじゃったのかも……」

「なるほどね。それでわかった」

鳥羽が言った。

「ねえ、七子。例のあかなくなった机のひきだし。もしかしたら、あそこにトランクの鍵も、入れたんじゃないの？」

「あああっ」

そうだ。そのとおり。トランクの鍵は、あのひきだしに入れたんだ。

ななめがけのカバンには、いろんなものがごちゃごちゃ入っていた。引っ越しの朝、部屋に残っていたものを全部あわててつっこんだから。

あのなかに、トランクの鍵もあったんだ。それで、こっちの家に着いて、カバンに入っていたほかのものといっしょに、あのひきだしに……。

「入れた」

わたしは言った。

「やっぱり。つまり、こういうことなんじゃない？　トランクは、中身を出したら自分が捨てられると思った。でも、なかに大事なものが入っているかぎり、そのまま捨てられることはない」

「それでひきだしをあかないようにした？」

「そういうこと」

「そんな……。捨てたりしないよ」

わたしは首を横に振った。

「だから、それは勘ちがいなんだけど……トランクは、そう思いこんでしまった、ってわけ」

そんなかわいそうなことに……。トランクをちらっと見る。トランクのふたが前よりもっとかたく閉まったような気がした。

「あのね、トランク。だれもあなたのこと、捨てたりしないってよ」

鳥羽がトランクをなでる。

「お母さんにとっては、大切な思い出のつまったトランクだもん。絶対捨てたりしないよ」

わたしも言った。だが、鳥羽が首を横に振った。返事はないらしい。

ふたりでわたしの部屋にもどってみたけど、あいかわらずひきだしもあかない。

「疑ってるのかもしれないね」

鳥羽がぽつんと言った。

「そうですわね。鳥羽とは前に話もしてますし、こっちがものだまの存在を知っていることに、トランクも気づいているわけですから」

フクサも言う。

「ふたをあけたら、やっぱり捨てられちゃうかも、ってね」

鳥羽がため息をついた。

「そんな……」

どうしたらいいんだろう？　このままじゃ、ひきだしはあかない、トランクもあかない、おまけに、うちのみんなのぼんやり病もなおらない。

なにより、トランクにも勘ちがいだってわかってもらえないままだ。

「こりゃ、困ったね」

鳥羽が腕組みした。

「思うに……七子がいくら言っても、だめなんじゃないかな」

「どうして？」

「このトランクってさ、もともと、だれのもの？」

「え、お母さんの……あっ、そうか」

お母さんが言わないとダメなのか。トランクに、捨てたりしないって。うん、お母さんの言うことなら信じるかも……。

「でも、むずかしいのは、どうやって言ってもらうか、だな」

鳥羽が言う。

「そうですわね。七子が頼んで言ってもらうんじゃ、意味がありませんものね」

「そうか。そうだよね……」

わたしたちが頼んだんじゃ、ダメなんだ。トランクが知りたいのは、お母さんのほんとうの気持ちなんだから。けど、どうしたらそんなことができるんだろう。わたしはため息をついた。

「ただいまあ」

そのとき、玄関の方からお母さんの声がした。

「あら、お客様？」

靴を見たんだろう、お母さんが言った。

「いま降りる」

鳥羽といっしょに階段を降りた。

「ああ、七子」

お母さんが、うしろにいる鳥羽に気づいた。

「もしかして、あなたが……鳥羽ちゃん？」

鳥羽を見たお母さんは、なんだかびっくりしたような顔になった。

「あ、はい。そうです。こんにちは。はじめまして」

鳥羽がぺこっと頭を下げた。

「こちらこそ、こんにちは。七子がお世話になって……」

お母さんもおじぎをした。

「あたらしい学校でわからないことばっかりだし、なかよくしてやってね」

鳥羽を見て、にこっと笑う。

「ところで……これ出したの、七子？」

足もとのトランクを指さして言った。

「いつまでもここに置いといたら、じゃまでしょ。だから、わたしの部屋にあげようと思って」

あわてて答えた。

「あの……さっき七子から聞いたんですけど……」

そのときうしろから鳥羽の声がした。

「なあに？」

お母さんが鳥羽を見る。

「このトランク、はじめて海外旅行に行くときに買ったものだ、って」

「そうだけど……」

お母さんがきょとんとした顔で答えた。

「しかも、ひとり旅だった、とか……」

鳥羽がさっき、わたしが話したことを持ちだした。

「やだ、七子、そんなことまで話したの？」

お母さんがわたしを見た。

「どこに行ったんですか？」

「ドイツに三週間」

「えっ、そんなに？　すごい」

鳥羽が声をあげる。

鳥羽、いまはのんきにそんな話をしてる場合じゃ……。

「見たいところを全部まわろうと思って計画立てたら、そうなっちゃったのよ」

お母さんが笑う。

「計画って、自分で……？」

「うん。ツアーじゃなくて、ガイドブックとか見ながら、全部自分で計画したのよ。飛行機のチケット取って、宿もいろんな町をまわりながら探して……」

「ドイツ語、しゃべれるんですか？」

「大学で少し習ったから、宿を取るくらいはできたわ。ひとりで旅行するなんてはじめてだったし、すごくこわかった。いまから思うと、無茶だったと思う。でも、チャレンジしたかったの」

お母さんが照れたように言った。

「ひとりでできるんだ、って、自信をつけたかったのかもね」

お母さんが笑った。

「いまでも、いい思い出。最近もね、ここに越してきたとき、古いアルバムが出てきて……ここで見てたら、ついぼんやりしちゃって……。あら、ごめんなさい、すっかり思い出話、しちゃって。いま、お茶でもいれるわね」

「いえ、よければ、そのアルバム、見たいです。わたし、外国の風景が大好きなんです」

鳥羽が言った。

「ほんとう？　アルバムならたくさんあるのよ」

お母さんがうれしそうに笑って、リビングの横のマガジンラックからアルバムを引っぱりだした。


ダイニングテーブルにアルバムを広げ、みんなで順に見ていった。この前見たのと同じ写真だったけど、ゆっくり見ていくと、いろんなことがわかった。鳥羽があれこれ質問するので、お母さんもあのときよりていねいに説明してくれたし……。

レンガの壁で囲まれた古い街のこと。白いきれいなお城のこと。屋外で開かれている市場のこと。石を敷きつめた道がきれいだったこと。建物が全部童話に出てくる絵のように見えたこと。流れる川のはばがとても広かったこと。

お母さんはひとつひとつ、なつかしそうに語った。

「あれ？　これ……このトランクですよね？」

鳥羽がさっきの写真をさした。レストランのような場所で、トランクといっしょに写っている。

「ああ、これ……」

お母さんが目をかがやかせた。

「なつかしいわあ、この宿」

「これ、宿なんですか？」

「小さな宿にくっついたレストランよ。そうそう、こんな店だった」

お母さんが写真に目を近づける。

「この日は大変だったのよ。列車が遅れて、予定してた町まで進めなくなっちゃったの。それで、あきらめて途中の駅で降りたんだけど……」

お母さんがトランクの方を見た。

「なにしろ、もう夜遅くなっちゃっててね。しかも、ガイドブックにも載ってないような小さな町だったから、どこに行ったら泊まれるのか、さっぱりわからなくて」

「それで、どうしたんですか？」

「とりあえずあてもなく駅を出て歩きだしたんだけど、どうにもならなくて、広場のベンチにすわりこんでしまったの。もう今日は野宿するしかないかも、って」

「それで……？」

「そのとき、町の人が通りかかって……年をとったご夫婦だったわ。おじいさんの方が英語で話しかけてくれたの。わたし、ほっとして、泣きそうになって……。英語だったら、ドイツ語よりしゃべれたから。で、泊まれるところはありませんか、って訊いたら、知ってる宿があるから、って連れていってくれたのよ」

お母さんは話しつづける。

「最初はちょっと不安だったけど、ついていったら、ほんとうに小さな宿だったの。で、おじいさんがそこの人に事情を話してくれて、泊まれることになったのよ。もうそのときには、おなか、ぺこぺこで……。そしたら、宿のおばさんが、うちのレストランでよかったら、って言ってくれて。ほんとはもう閉めたあとだったんだけど、特別にあけてくれたの。それが、この店」

お母さんがさっきの写真を指さした。

「そのときの安心感といったら……お店のなかはぽかぽかあったかくて、お料理の湯気がふわっとして、ああ、よかった、って……。で、おじいさんがね、写真を撮ってくれたのよ。よかったですね、って」

そう言われてみると、写真のなかのお母さんは、ほっとして泣きそうな顔だった。迷子になった子どもが、お母さんのところにたどりついたみたいな感じだったのかも、と思った。

「でも、めずらしいわよね、トランクも写ってる写真なんて」

お母さんが言った。

「旅行中って、トランクはホテルの部屋に置きっぱなしじゃない？　町を観光するときは持っていかないから、写真にはほとんど写らないのよね」

「そうか、そうですよね」

鳥羽が言った。

「でも、このトランクであちこち行ったんですよね」

「そう」

お母さんがなつかしそうな顔になる。

「トランクは、昼間はホテルでお留守番。でも、毎日外から帰ると、その日見たもののこと、話して聞かせた」

そう言って、トランクをなでた。

「いろんな話をしたわ。どんなところに行って、どんなものを見たのか。どんなものを食べたのか。どんな人と会って、どんな話をしたのか……その日にあったことを全部話した。もちろん、日本語でね」

お母さんは笑いながら言った。

「背のびして、ひとりで外国に来たけれど、ほんとはすごく心細かった。それに日本語が恋しくて……。外では、耳にするのも目にするのもドイツ語ばかりでしょ？　だから、日本語で思いきり話したくなって……。それでトランクに話しかけて……」

お母さんは、いつもよりずっとよくしゃべった。

「ああ、なつかしいなあ。トランクが答えてくれるわけでもないのにね、話してると、つい時間を忘れちゃって、次の日も早く起きなくちゃいけないのに、気づいたらすっかり遅い時間になってたりして……」

「時間を……忘れる……？」

鳥羽が小さくつぶやく。はっとした。時間を忘れる……時間が、とぶ。

もしかして……。鳥羽が旅行の話にこだわったのは……。

トランクに、お母さんの気持ちを聞かせるため？

鳥羽の横顔をのぞいた。真剣な表情で、お母さんの顔を見ている。

「ねえ、お母さん」

わたしは思いきって言った。

「え？」

「このトランク、捨てたりしないよね？」

お母さんは目を丸くした。

「なに言ってるの？　捨てるわけ、ないじゃない」

「お父さんが、古いからもう買いかえた方がいいんじゃないか、って……」

「お父さんたらまったく……。すぐそういうこと、言うんだから。冗談に決まってるでしょ、そんなの」

お母さんはふっと笑った。

「どうしても革のがほしくて、探して探して買ったのよ。当時はプラスチックのかたいのが主流で、革のトランクなんか、なかなかなくて。あっても高かったの。問屋街まで行って、ようやく安くなってたのを見つけて、それでもちょっとお金が足りなくて、一生大切に使うから、っておじいちゃんに頼みこんで、少し出してもらって……」

お母さんがため息をつく。

「そうだったんだ」

「捨てるわけ、ないじゃない」

さっきと同じことを、今度はトランクに向かって言った。

「もう、ひとり旅をすることはないだろうけど、このトランクは、わたしの一生の宝物よ」

トランクが、ぶるっと揺れたように見えた。

そして……。そのときどこからか、ふわっといいにおいがした。

「なに、このにおい」

鳥羽が鼻をくんくん言わせた。

「あら、これ……。アイントプフみたい……」

お母さんが目を細める。

「アイントプフ？　なんですか、それ」

鳥羽が訊く。

「ドイツのお料理よ。なつかしいわ。あのときの宿の小さなレストランで出たの。ソーセージやじゃがいもが入った、あったかいシチュー。おいしかったなあ」

鳥羽がはっとした顔になり、二階にかけあがっていった。

「ど、どうしたの？」

お母さんが驚いて言う。

「な、なんでもないよ。ちょっと、ごめん」

わたしも二階にかけあがりながら言った。

「あいたよ」

鳥羽の声がした。机の前で、ひきだしを引っぱりだしている。

「ほんとだ」

わたしもあわてて机にかけよる。

「ええと、鍵は……」

がちゃがちゃかきまわす。すぐに鍵が見つかった。

「あった」

思わず叫んで、ほーっと息をはいた。

「これで解決」

鳥羽が探偵顔で、にやっと笑った。

10　再会

そのあと、お母さんが〈笹の便り〉に行ってみたい、と言うので、いっしょに鳥羽《とば》を送っていくことになった。

商店街を抜け、〈笹の便り〉の門をくぐる。

「ただいま」

がらがらっ、と鳥羽が店の引き戸をあけた。

「あ、鳥羽、おかえり」

鳥羽のお母さんが気づいて、顔をあげる。

「え？」

お母さんの足がとまった。

「まさか……」

鳥羽のお母さんが、うちのお母さんの顔をじっと見つめた。

「……百子《ももこ》？」

「……佑布《ゆう》？」

ふたりが同時に言う。おたがいの顔を見つめ、目を丸くしている。

「え、じゃあ、七子《ななこ》ちゃんって……」

鳥羽のお母さんが驚いたような顔で言った。

「百子の……娘さん？」

「え、あ、はい」

わけもわからず、わたしは、こっくりとうなずいた。

お母さんが笑いだした。

「そうだったの。そうか、だから……。さっき、鳥羽ちゃんの顔見たとき、思ったのよ、似てるって。佑布に似てる、って」

「嘘みたい。信じられない」

佑布さんも笑いだした。

佑布さんは、うちのお母さんが坂木町《さかきまち》の小学校に通っていたときの同級生だったらしい。ふたりは久しぶりに会ったことにびっくりしながら、これまでのことをすごい勢いでしゃべりだした。

「そういえば……」

佑布さんがふと気づいたように言った。

「どうやら七子ちゃんも、聞こえるみたいなんだけど……知ってた？」

聞こえるって、なんのこと？　まさか。

「聞こえるって……。え、まさか、ものだま……じゃ、ないよね？」

お母さんが、おそるおそる佑布さんの顔を見た。

え、なんで？　なんでお母さんが、ものだまのこと、知ってるの？　もしかして……。

ぎょっとして、お母さんの顔を見る。

「その『まさか』なのよ」

佑布さんの答えに、お母さんは口をあんぐり大きくあけ、わたしをじっと見た。

「七子、聞こえるの？　ものだまの声」

「じゃ、じゃあ、お母さんも……？」

嘘だよね。そんな、まさか……。

頭がくらくらした。

お母さんがむかし、この町に越してきたのは、いまのわたしと同じ、小学校五年のときだった。それまでは、もちろんものだまのことなんか知らなかった。

だけど、この町に住みはじめたら、変な声が聞こえるようになった。そして、ちょっとした異変に巻きこまれ……。佑布さんから、ものだまのことを教えられたのだ。

その後、おじいちゃんがまた転勤になり、お母さんの一家はそろってほかの町に越していった。それからずっと会うことはなかったそうだ。

この町を離れると、ものだまの声はまた聞こえなくなり、ものだまのことを思いだすことはあっても、もしかしたら夢だったのかもしれない、と思うようになった。

「でも、まさか、この見習いが百子の娘とはね」

フクサのえらそうな声が聞こえてきた。

「え？　もしかして、フクサ？」

お母さんが驚いたように言った。鳥羽があわててフクサを引っぱりだす。

「お久しぶりですわね」

「……聞こえる」

お母さんがぽかんとした顔で言った。

「あたりまえじゃないの」

佑布さんがあきれたように言う。

「え、でも、この町に引っ越してきてもなにも聞こえなかったし……。やっぱり夢だったのかと……」

「まったく、百子はあいかわらずボケボケですわね」

フクサがため息をついた。

「慣れるのに時間がかかってるのね。大人になるといろいろ忙しいし、考えることも多いしね。でも少したてば、ちゃんと聞こえるようになるわよ」

佑布さんが笑った。

「ところで、タマじいは？」

フクサが言った。

「タマじいって？」

わたしは訊いた。

「百子の家に伝わる、大福水晶《だいふくすいしょう》についてるものだまですわ」

「大福……水晶？」

「あら、ごめんなさい。大きさといい、形といい、大福にそっくりなものだから、そう呼んでましたの」

大福にそっくりの水晶って……。どういうものなのか、さっぱりわからないけど……。

「なかなか変わり者のおじいさんでね。ガンコだし、えらそうだし」

あんたもじゅうぶんえらそうじゃないの、とわたしは心のなかで思った。このフクサがえらそうと言うのだから、タマじいというのはかなりすごいんだろうな。

「その石はね、子どものころ、わたしのおばあちゃん、つまり、七子のひいおばあちゃんからもらったものなの。宝物だから大事にしろって」

お母さんが言った。

「もちろん、まだ持ってるわよ。この町を出てから声は聞こえなくなっちゃったけど、ときどき箱から出して話しかけてたっけ……。でも、七子が生まれてからは忙しくて、しまいっぱなしになっちゃって……。いまも段ボール箱に入れたまま……まだ出してなかった」

お母さんはそう言って、ふっと息をついた。

それから〈笹の便り〉でお茶とお菓子をいただいた。お母さんたちはむかしのことをあれこれ話しながら、もりあがっていた。

楽しそうだったな、お母さん。すごくたくさん笑って、お母さんのそういう顔、はじめて見た気がする。

「でも、まさか、ぼんやり病がものだまのしわざだったなんてねえ」

鳥羽の家からの帰り道、お母さんが言った。

「それに、あのトランクにも、ものだまがついてたなんて……びっくり」

「わたしもびっくりしたよ。まさかお母さんもものだまを知ってるなんて。ぼんやり病になったとき、気がつかなかったの？　前にこの町にいたときも、ものだまの事件に出合ったことがあったんでしょ？」

「うーん……それが……。ほら、カゼの引きはじめって、調子悪いなあ、と思いながら、カゼ引いてるって気がつかなかったりするじゃない？　あんな感じで……。子どものころもそうだったのよ。佑布に言わせると、わたしは荒ぶったものだまの影響を受けやすいんだって。で、巻きこまれてるのに自分では気づかない……」

お母さんはくすっと笑った。線路沿いの道を歩いていると、線路の先に大きな夕日が見えた。空はきれいな夕焼け色だ。

「それにしても、ものだま探偵とはね。さすがは佑布の娘さん」

「どんな子だったの、鳥羽のお母さんって」

「鳥羽ちゃんによく似てたかな。強気だし、頭いいし、活発だし。ものだまにも負けてなかった。それにくらべると、わたしは……」

お母さんがため息をつく。

「ものだまが怪異現象を起こすたびに巻きこまれて……。フクサからは、しょっちゅうボケボケって言われてたっけ」

お母さんがはははっと笑った。うーん、もしかしたら……わたしもお母さんと同じタイプなのかも……。ちょっと不安になった。

「フクサって、むかしからああだったの？　えらそうだし、わたしのこと見習いだって……失礼だよね」

「わたしが子どものころもそうだった。フクサって、なかなか古い、りっぱなものだまなんだよね。まあ、タマじいは娘っ子あつかいしてたけど」

くすくす笑ったあと、足をとめて黙りこんだ。

「そうだ、そのタマじいって……」

わたしは訊いた。

「うーん」

お母さんがうなった。

「やっぱり、この町に来たからには、出してあげないとねえ」

お母さんは困った顔になった。

「どうしたの？　なにか問題でもあるの？」

「うーん、なんていうか……」

お母さんは夕焼け空を見あげながら、ため息をついた。

「タマじいって面倒くさいものだまだから……。フクサの言ってたとおり、ガンコでヘンクツでわがままで……。長いあいだほったらかしにしてたし、怒ってるかもしれないしなあ」

鉄橋の下を電車が通っていく。空の果てに夕日が沈もうとしていた。

「だけど、さっきフクサの声を聞いたら……あいかわらず態度は大きいけど、なんだかなつかしかった。あのころのことを思いだして、ちょっとわくわくしてきたし……」

「じゃあ、出してみようよ。わたしも話してみたいし」

わたしが言うと、お母さんは、そうね、と笑って、また歩きだした。

家に帰るとすぐ、お母さんは段ボール箱をあけ、底の方からきれいな箱を取りだした。ふたをあけると、ふわふわの小さな座布団の上に、白いものが鎮座していた。

「大福……？」

思わず言った。手のひらに乗るくらいの大きさといい、ぽってりした形といい、白く粉を吹いたような色といい、まさに大福そのものだ。でも、さわってみるとかたい。石だ。

「これが……タマじい？」

石をのぞきこんで訊くと、お母さんがこくっとうなずいた。

「これ、ほんとに水晶なの？」

「みたいね。川を流れているあいだに表面に細かいキズがついて、こんなふうになったのよ、たぶん。でも専門家の人が水晶だって言ってたから。それに、ほら、見てみて」

お母さんが玉を引っくり返した。置いたときに安定するように、底が少しだけ平らに削られていて、透きとおっている。

「光に透かしてごらん」

お母さんに言われ、石をかざして平らな面をのぞいた。なかがきらきらと虹のように光っている。

「きれい……。でも、しゃべらないね」

わたしが言うと、お母さんも石をのぞきこんだ。

「やっぱり、怒ってるのかな。七子が生まれたあとしばらくは、ときどき七子にタマじいを見せたりしてたんだけど、はいはいしはじめたら、それどころじゃなくなっちゃって……。ずっと箱に入れっぱなしだったし……」

「なんじゃ？」

急に、おじいさんの声がした。

お母さんが小さく叫ぶ。とつぜん、石におじいさんの顔がうきあがった。

「た、タマじい」

「なんだ、おまえさん……百子か。ちょっと見ないあいだに、ずいぶんまた、ふけたもんだな」

おじいさんが大きなあくびをした。

「ふ、け、た……？」

お母さんが目を丸くする。

「そっちがあの赤んぼうか？　えらく大きくなったな。人間の成長は早いのう」

「あの、タマじい……怒って、ない？」

お母さんが訊いた。

「怒る？　なにをじゃ？」

「その……長いこと箱に入れっぱなしだったし……」

「長い？　そうかの？　寝てたから、別に気にならんかったが……」

あっさり言った。十年も……眠り続けてたの？

「それより、おまえさん、名前は……なんだっけ？」

タマじいがわたしに向かって訊いた。

「七子です」

「ああ、七子。まあ、わしが見てたころのおまえは、まだしわくちゃな顔で、ろくに動きもしない赤んぼうだったからの。百子のやつは、おまえを育てるのに必死になりよって……やれ、おっぱいだ、おむつだって、わしにはちっとも話しかけてこなくなっての。ヒマでヒマで……」

坂木町から引っ越して、お母さんにものだまの声が聞こえなくなったあとも、タマじいの方は人間の様子をながめていたらしい。

「まったく百子は、むかしからひとつのことをやりだすと、ほかに気がまわらなくなるからの」

　タマじいがえらそうに言った。

「まあ、いい。それより、眠りすぎて疲れた。風呂……入れてくれんかの」

「お風呂……？」

　わたしは驚いて訊き返す。石が、お風呂に……？

「はいはい、ちょっと待っててね」

　お母さんは、やれやれ、というように立ちあがった。キッチンに行き、小鍋に浅く水を入れ、火にかける。少しして指で温度を確かめて、火からおろした。

「今日はとりあえず、これでいいかしら？」

「鍋か……なんだかみそ汁くさい気もするが、まあ、いいじゃろ」

　お母さんは、ぶつぶつ文句を言っているタマじいを持ちあげ、お湯に入れた。お湯につけると、表面の白くくもった感じが消え、石が透きとおった。

「おおお、極楽極楽」

　タマじいが、気持ちよさそうに、ほうっと息をつく。

「やっぱり出すんじゃなかったかしら」

　お母さんが小声で、ぼそっと言った。

「なんじゃ？」

「あ、ううん、なんでも……」

お母さんは立ちあがり、キッチンの方に逃げていった。

「で、結局、また坂木町にもどったわけじゃな」

お湯のなかのタマじいが言った。

「おまえたち人間も大変じゃのう。あっちに行ったり、こっちに行ったり。どこにいてもたいして変わらんのに、ご苦労なことじゃ」

タマじいはそう言うと、大きくあくびをした。

「タマじいって、いくつなの？」

わたしは訊いてみた。

「さあ……。もう、むかしのことは忘れたからのう……」

とぼけているのか、ほんとうに忘れてしまったのかわからないが、タマじいはぼんやりそう言って、鼻歌を歌いだした。

わたしよりもお母さんよりもむかしから、タマじいはいたのか。そう思うと、なんだか変な気持ちになる。

「ものだまって、どうしてものだまになるの？」

「どうして、って……どういう意味じゃ？」

「タマじいのついてる石にも、フクサのついてる袱紗《ふくさ》にも、最初は、心はなかったんだよね。どっかほかのところからやってきたの？　それとも、そこで自然に発生したの？」

「と、言われてもな。気づいたときには、もう、ものだまじゃったし……」

タマじいはのんびり言った。

「じゃあさ、その石に宿ったときのことって、覚えてる？」

「なんだかんだ、うるさいやつじゃのう。そんなもの、覚えとらんよ。考えてみろ、おまえだってそうじゃろ？　生まれたときのことを覚えておるのか？」

「わたしは人間のお母さんから生まれて、人間になっただけだもの。人間だから心があるのはあたりまえでしょ？」

「そうかな？　そりゃ、身体が人間なのはあたりまえかもしれん。じゃが、心はどうじゃ？　いつからおまえはおまえになった？　そのもとはなんじゃ？」

「それは……魂……みたいなものかなあ？」

「その魂は、いつおまえの身体に宿った？　生まれたときか？　生まれる前か？　それとも、成長するうちに、どこからかやってきたのか？　その身体に宿った瞬間のことを覚えておるか？」

タマじいに訊かれて、うーん、となってしまった。

「ほれ見ろ。おまえさんだって、なにもわかっとらんじゃないか。わしらもそれと同じじゃ」

タマじいが、それ見ろ、という顔になる。

たしかにその通りだ。

わたしは、いつわたしになったんだろう？

考えてみれば、すごくあやふやだ。わたしはわたし自身のこともよくわかっていないらしい。わたしがここにいるのはあたりまえで、ものだまがいるのはおかしい、とも言えない気がしてきた。

「そろそろ出るぞ。いいかげんゆだってきた」

タマじいの声がした。あわてて石を湯から取りだし、タオルでくるんだ。

「まったく、不便なものじゃの。なにをするにも人の手を借りなければならんのだから。しかも、こんな半人前の娘っ子に頼らねばならんとは……」

タマじいがぶつぶつ文句を言う。

半人前？　失礼な、と思いつつ、なぜか笑ってしまった。

次の日の帰り道、鳥羽にタマじいのことを話した。

「さっそくお風呂かあ。さすがだね」

鳥羽は笑いながら言った。

「きのうはほんと、大変だったんだよ」

わたしはためいきをついた。

「大変、って？」

「タマじいに振りまわされてさ」

お父さんの帰りはきのうも遅く、タマじいは大いばりで、お母さんとわたしになんやかんやと用事を言いつけた。

眠っていたあいだに世の中がずいぶん変わったことに驚いたようで、とくにテレビ（タマじいが知っているテレビは、もっと小さく、ぶあつかったらしい）や携帯電話に興味を持って、見せろ見せろ、とうるさかった。意外と、あたらしもの好きらしい。

といっても、自分で動けるわけでも操作できるわけでもないので、タマじいの行きたい場所に連れていくのも、機械を操作するのも、全部わたしがやらなければならなかった。

おかげですっかり寝不足だ。これからも同じことが続くのかと思うと、ちょっぴり気が重い。

だけど……わたし、ものだまのこと、きらいじゃないかも。

それに……鳥羽のことも。

ちらっと鳥羽の顔を見る。

きのう、夜ベッドに入ってから気づいた。最初に会ったときトランクと話してた、ということは、トランクの中身やわたしの年、ひとりでトランクを運んでいる事情も、全部トランクから聞いてたんじゃないか、って。

だとしたら、あの推理はインチキってことだ。ほんとに名探偵かも、なんて思っちゃってたけど、だまされたのかも……。

でも、トランクが犯人だと気づいたのは鳥羽だ。お母さんの「捨てたりしない」という言葉をトランクに聞かせたのも……。

やっぱりこの子、名探偵なのかな……。

「なに？」

わたしが見ているのに気づいた鳥羽が、首をかしげる。探偵顔じゃない、ちょっとぼけっとした表情。その顔を見てたら、どっちでもいい気がしてきた。

ものだま探偵か……。

やってみてもいいかもしれない。

そう思った。

11　トランク

土曜日。晴れて、妙にあたたかかった。お母さんはベランダで洗濯物を干しているうちに、暑い、と言って半そでに着替えていた。

お父さんも、今日はめずらしく休みが取れたらしい。でも、疲れきっているらしく、ソファにごろんとして、新聞を読んでいる。

あれからだれも「ぼんやり病」になってない。

鳥羽《とば》と佑《ゆう》布さんが言っていたとおり、お母さんもわたしも、ものだまの声がだんだんはっきり聞きとれるようになり、家のあちこちにものだまがたくさんいるのが、少しずつわかってきた。

この家にむかしからいたものだまと、うちの家族が連れてきたものだま。はじめはおたがいに緊張していたけど、少しずつなかよくなっているみたいだ。

ものだまはこわくない。こわいと思わなくなった。よくしゃべるのもいるが、耳をすましてみると、たいした話はしていない。お天気のこととか、外を通る人のこととか、人間と似たようなものだ。ランドセルは、ハシラとなかよく学校でのできごとを話したりしている。

だけど。

あのトランクだけは、いまだにひとこともしゃべらない。あの日、鍵を使ったら、ふたはあいた。だけど、トランクはなにも言わなかった。

それから、ずっとそのままだ。

——たぶん、まだ完全には安心してないんじゃないかな。

鳥羽はそんなふうに言っていた。トランクは、傷つきやすい性格なのかもしれない。だから、まだへそを曲げてるのかもしれないよ、と。

トランクはいま、わたしの部屋にある。物入れにしまうのがかわいそうになって、そのままわたしの部屋の真ん中に置いたのだ。

「いい天気だなあ」

トランクの横にすわり、窓の外を見ながら、ひとりごとを言った。空は晴れていて、庭の木々の葉っぱが毎日少しずつ大きくなっているのがわかる。

「そうですね」

近くから、小さな声が聞こえた。え、と思ってあたりを見まわす。タマじい？　そう思って机の上のタマじいを見たけど、ちがうみたいだ。すうすう寝息を立てているし、だいたい、声もしゃべり方もまったくちがう。

「だれ？」

小声で言って、もう一度あたりを見まわす。

「わたしです」

また、近くから声がした。すぐ近く。

はっとして、トランクを見た。

「もしかして……トランク？」

「そうです」

うわあぁ、と思った。突然すぎる……。

「いい部屋ですね。風通しもよくて。昼間ひとりでここにいると、鳥の声が聞こえてくるんですよ。窓の外の木もだんだん緑になってきたし」

トランクは言った。表面にぽわんと顔がうかびあがる。品のいい、おばあさんみたいな顔だった。

ちょっと声がふるえている。「荒ぶって」しまったことがはずかしくてなのか、これまでのことをみんな、なかったことにしたい、と思っているように見えた。

かわいいおばあさんなんだな、きっと。傷つきやすくて、ちょっとわがままで、強がりばかり言っている、お嬢様みたいな。なぜか、そう思った。

だとすると、これまでのことも、ずっと黙りこんでいたことも、なにも言わない方がよさそうだ。

「わたし、正直、旅にはもう疲れてしまっていたみたいです。トランクのくせにね」

トランクはそう言うと、大きく息をついた。

「そうなの?」

わたしは小さな声で訊き返した。

「引っ越しの日、思いました。わたしはもう旅には耐えられないのかも、って。ずっと物入れにしまわれていたでしょう? 久しぶりに見る外は、まぶしくて、ごちゃごちゃしてて、キャスターもうまく回らないし、なんだかとてもこわくて……」

「そうだったの」

そういえば、ここ何年か、トランクは物入れにしまいっぱなしだった。お父さんもお母さんも、むかしは海外旅行が好きだったみたいだけど、わたしが生まれてからはほとんど行っていない。

「むかしは、旅行が好きでした。いろんな風景を見て、いろんな人に出会って、あたらしい場所に行くたびに、どきどきして、はらはらして、心がおどって。でもね、いまは……」

トランクの声が小さくなる。

「古いものは買いかえた方がいい、って、お父さんに言われなくてもわかっていました。わたしは、旧式だし、重いし」

トランクの声がふるえた。

「わたし、きっともう、寿命なんです」

「そんな……」

えらく弱気になっている。でも、キャスターは直ったし、たしかにちょっと重いけど、まだまだ使える。そんなことないよ、と言おうとした。

「だけど、こわかった。引っ越しの日、ゴミ置き場に連れていかれたときは、涙が出そうになりました」

トランクの声がふるえた。

「もうこれでおしまいなのかな、と思いました。大切に使ってもらえたし、トランクとしては、しあわせな一生だったのかもしれないな、これでゆっくり休めるなら、それもいいかな、って。でも、なかに入っていたあなたのもののことが、気になったんです。みんな、騒いでましたから。自分たちは七子になくてはならないものなんだ、って。みんな、自分たちがいなくなったら、七子はきっと泣くだろう、って」

驚いた。みんなが、そんなふうに思ってくれていたなんて。

「だから、わたしも、必死にあなたを呼んだんですよ」

「え?」

じゃあ、あのときの声みたいなものは……。

「……あなたはむかえにきてくれた。ここまで来るあいだは、なんだかもう大変で。つらくてつらくて……。でも、あなたがいっしょうけんめいがんばっているのを見てたら、わたしも役に立たなくちゃ、って。まわりから、古そうとか重そうとかいう言葉が聞こえてくるたびに悲しくなったけど、大丈夫、ずっと百子《ももこ》に大切にされてきたんだし、って思って……」

トランクは一瞬黙った。

「だけど……。やっとここに着いて、お父さんに買いかえた方が、って言われて……ショックで……」

「そうだったんだ。ごめんね」

そう言って、トランクをなでた。

「ありがとうございます」

「え？」

「助けてくれて」

トランクが小さく息を吸ったような気がした。

「旅には、もう行けないかもしれない。でも、この部屋にいたら、あかるさには慣れてきました。それに、こうやってひとところにいるのも、いいような気がします。窓から外の景色が見えて、空の雲が動くし、木の葉がだんだん茂って、鳥もやってくる。わたしが動かなくても、毎日景色は変わるんですね」

なんだか弱気だ。

「お母さん」

わたしはお父さんに気づかれないように、こっそりお母さんを呼んだ。お母さんがふしぎそうな顔で階段をのぼってくる。

「どうかした？」

そう言うお母さんに、しっ、と言って、人さし指を口の前に立てた。

「百子」

トランクが言った。お母さんがはっとして、あたりを見る。わたしはトランクを指さした。

「……トランク？」

トランクの顔がしずかにほほえんだ。

「この部屋で、ゆっくり空を見て、雲を見て、鳥の声を聞いて……。わたし、いま、しあわせです」

窓から風が吹きこんでくる。

「トランク……」

お母さんはそっとトランクをなで、目を閉じた。

「思ったとおりの声だわ。なんだか、むかし旅行してたときも、こうやっておしゃべりしてたみたい」

お母さんが言うと、トランクも目を閉じた。

「ねえ、トランク……」

わたしが話しかけると、トランクが目をあけた。

「ちょっと訊きたいことがあるんだけど……」

「なんですか？」

「最初に鳥羽と会ったとき、鳥羽と話したんでしょ？　なにを話したの？」

「ああ、そのこと……」

トランクがくすくす笑った。

「わたしが話したのは、中身とキャスターと、あなたの年のことだけ。あとの推理は、すべて、あのお嬢さんが考えたことです。あの人はほんとに名探偵なんだと思います」

わたしの考えていたことを見透かしたように、トランクは言った。

「ほんとに？」

「ええ。わたしも思っていたんです、すごいなって」

トランクがにっこりほほえむ。

インチキじゃなかったんだ。思わず、くすっと笑ってしまった。

「おーい」

そのとき、下からお父さんの声がした。

「みんな、どこにいるんだ？」

階段をのぼってくる足音が聞こえた。

「なんだ、ふたりとも、ここにいたのか」

お父さんが、ドアから部屋のなかをのぞいて言った。

「なにしてるんだ？」

「ううん、なんにも……」

あわてて答える。

「あれ、そのトランク」

お父さんがトランクに目をやって言った。

「そうやって使うことにしたのか」

「え？　そうやって、って？」

「床に置いて、テーブルがわりにしてるんだろ？　なかなか、おしゃれじゃないか。外国のインテリア雑誌で見たことがあるよ、そういうの」

そんなつもりはなかったんだけど、言われてみると、いい考えだという気がした。

「それに、使わないとき、しまいっぱなしにしとくのもかわいそうだしな」

お父さんは、あぐらをかいて床にすわった。

「このトランクとは、ずいぶんいろんなところに行ったよなあ」

思いだすように窓の外をながめる。

「お母さん、すごく大事にしてて、ときどき、『ねえ、トランク』って話しかけたりして……。おかしかったなあ」

お父さんは笑った。

「ねえ、お父さん、このトランクって、もう寿命かな？」

わたしが訊くと、お父さんは目を丸くした。

「え？　そんなこと、ないだろ？」

お父さんが笑う。買いかえたら、と話していたことなんか、すっかり忘れているみたいだ。

「ふたのところがちょっとこわれてるけど、直せばいい。そうだ、七子ももう大きくなったし、この前アルバム見たときから思ってたんだ。またみんなでヨーロッパに行こう。このトランクでさ」

「ほんと？」

お母さんが言った。家族でヨーロッパ……わたしも、行ってみたい。あの写真の風景を、この目で見てみたい。

そして、大学生になってひとり旅ができるようになったら、そのときも、このトランクを連れていこう。

「三人家族だから、これひとつで、ってわけにはいかないだろうけど、もちろんこいつも連れていくさ」

お父さんは笑って言った。

「まあ、たしかに重いが……。これがうち流ってことで、いいんじゃないか」

お父さんが、トランクをぽんぽんとたたいた。

トランクがはずかしそうに、ふふっと笑った。

2話

駅のふしぎな伝言板

1　もの忘れ事件

五月の連休、最後の日。夕ごはんのときのことだった。

「まったくなあ……。今日は変な一日だったよ」

大きくのびをしながら、お父さんが言った。

「変？」

お母さんが首をかしげる。

「今日の午後、博物館で丸山《まるやま》先生の講演がある、って話してただろ？」

「あ、うん」

お母さんがうなずく。

「それがさ……。丸山先生が、坂木駅《さかきえき》で行方不明になっちゃったんだよ」

「ええっ？　行方不明？」

お母さんもわたしもびっくりして、顔を見合わせた。

お父さんは、この連休前にオープンした坂木町遺跡博物館の学芸員。博物館には、この町で発掘された縄文時代の集落の遺跡とさまざまな時代の出土品が展示されている。お父さんはそこで、展示物を研究したり、展示方法を考えたり、図録を作ったりする仕事をしている。

開館記念ということで、連休中はいろいろなイベントがあった。特別講演やワークショップ。わたしも小学生向けのプログラム「遺跡発掘を体験しよう」に参加した。

連休最後の今日は、丸山先生という教授の講演会がおこなわれることになっていた。古代史の研究で有名な教授で、図書館司書だったお母さんも、先生の本は何冊も読んだと言っていた。

「行方不明って、どういうこと？」

お母さんが訊いた。

「駅にむかえにいったのは、今年大学を卒業したばかりの新人スタッフだったんだけどね。館の車で駅まで行ったはいいが、なにを考えてるんだか、そのままバスでもどってきちゃったんだよ」

「ひとりで？」

「そう。駅に着いて、改札口まで行ったところで、急に、どうしてそこにいるのかわからなくなっちゃったんだってさ。で、仕事中になんでこんなところにいるんだ、ってあせって、駅前からバスに乗って……。途中まで来て、先生をむかえにいったことを思いだし、あわててバスを降りて、走って駅にもどった」

「バスで、ってことは、車を駅に置いたまま？」

　わけがわからない、という顔でお母さんが言った。

「そうなんだ。連休までほとんど休みなしだったから、疲れてたのかもしれないけど……」

　はあ、とため息をついた。

「でも……それは、その人が待ち合わせに遅れただけでしょ？　丸山先生が行方不明っていうのは？」

　お母さんが首をひねった。

「うん。大変だったのはここからなんだ。あわてて駅にもどったけど、先生の姿がない。待ち合わせの時間はずいぶんすぎていたから、あちこち捜しまわったんだけど、どこにもいなかったんだ」

「どこにも？」

「それで、見つからない、って館に電話がかかってきてね。あわてて先生の家に問い合わせたら、まちがいなく出ました、その後とくに連絡もないです、って言われてさ」

「携帯は？」

「丸山先生は携帯電話が好きじゃないんだって。だから、持ってない」

「で？　どうなったの？」

「急いで駅に何人かで行って、いっしょに捜して……南口の近くのコーヒーショップでぼうっとしている先生をようやく見つけたんだよ」

お父さんが首をすくめた。

「講演は？」

お母さんが訊く。

「うん。講演前に館内をゆっくり見てもらうつもりで、待ち合わせ時間をかなり早めに設定してたからね、博物館見学はあとまわしになったけど、講演の時間にはちゃんと間に合って、お客様に迷惑はかからなかった」

「よかったわね」

「まあね。でも、変な話なんだよ、あとで訊いたら、丸山先生の方も、駅に着いたとたん、自分がどこに行くのかわからなくなって、うろうろさまよってたらしいんだ」

「ええっ?」

「なにしに来たのかも思いだせなくて……。疲れてコーヒーショップに入ってひと息ついたところに館のスタッフがやってきた」

「じゃあ、ふたりとも、待ち合わせのこと忘れちゃってた、ってこと?」

「そういうこと。変な話だろ。まあ、丸山先生はおだやかな方だから、もしかしたら、わざと話を合わせてくれたのかもしれないなあ」

お父さんはそう言って、天井を見あげた。


次の日は、久しぶりの学校。まだ少しぼんやりした頭で学校に向かった。

「おっはよー」

校門の前まで来たとき、うしろから元気のいい声が聞こえた。ぽんと肩をたたかれ、ふりむく。同じ五年二組の桜井《さくらい》鳥羽《とば》だった。

「ああ、鳥羽、おはよう」

クラスでいちばん背が低い、おかっぱ頭の女の子。転校して最初に友だちになったのだが、少し……いや、かなり変わった子だ。

「なに?　ぼんやりした顔して。連休、どっか行った?」

「ううん。お父さんがずっと仕事だったし……。博物館のワークショップに行ったくらい」

「ああ、遺跡発掘のやつ？　いいなあ。あれ、わたしもちょっと興味あったんだよね」

「けっこうおもしろかったよ。鳥羽もやりたいんだったら、次のときいっしょに行こう。お父さんに頼んどくよ」

「ほんと？　じゃあ、お母さんもいいかな？　お母さん、そういうのすごく好きだから」

「そうなんだ」

鳥羽のお母さんの佑布《ゆう》さんは、和菓子職人。お茶の先生だったおじいちゃんの使っていた茶室を改装して、和菓子とお茶の店を開いている。

「きのうの講演も行きたかったみたいだよ。丸山先生の本、好きなんだってさ」

「有名な先生なんでしょ？　うちのお母さんも読んだことあるって言ってた。でも、実はさ、その丸山先生の講演、はじまる前に、いろいろ大変だったみたいなんだよ」

わたしは、きのうお父さんから聞いた話をした。

「っていうわけで、結局先生は見つかって、講演の時間にも間に合ったんだけど……」

そこまで言って、鳥羽がずっと黙っているのに気づいた。ちらっと顔を見ると、なにか考えこんでいる。

「鳥羽？　どうしたの？」

「うーん……」

鳥羽は腕組みして、立ちどまった。

「ちょっと来て」

鳥羽は声をひそめて言った。あたりの様子をうかがっている。

「なに？　どうしたの？」

わたしはまわりを見ながら訊いた。鳥羽が手まねきして、人のいない、校舎の裏に移動した。

「それ、ものだまのしわざかも」

鳥羽がささやき声で言った。

「えっ？」

驚いて、声をあげる。

「しいっ。ちょっと、声を小さく」

鳥羽があわてて小声で言う。

「あ、ごめん、ごめん」

あやまって、手で口をおさえた。

「ほんとに？」

今度は小声で訊いた。

「実は、最近、よく聞くのよ、その手の話」

鳥羽の声が低くなり、目が、きらりと光った。

「どういうこと？」

「駅に着いたはいいが、どこに行けばいいかわからない、なんでここにいるのかわからない、電車に乗ろうとしたけど行き先がわからない……そういう人が駅のなかをうろうろしてるみたいで……。最初は、春だからかな、とか、連休前だからかな、と思ってたけど、そういう数じゃないんだよね」

どこに行けばいいかわからない、なんでここにいるかわからない……まさにお父さんが言ってた話、そのものだ。

「じゃあ……」

「そう。ものだま探偵の出番ってこと。七子、初調査だよ」

鳥羽が言った。

「今回の事件は、名づけて『もの忘れ事件』」

鳥羽の目が、探偵っぽくきらーんと光る。

そのまんまだな、と思ったが、つっこむのはやめておくことにした。

そのとき、ベルが鳴った。

「さっそく今日の放課後から調査開始だよ」

「わ、わかった」

わたしはうなずいて、鳥羽といっしょに教室に走った。


ものだま。

ものに宿った、魂のようなもの。

簡単にいうと、「もの」の妖怪《ようかい》だ。といっても、手足はなく、自分では動けず、しゃべるだけ。しゃべりはじめると、ものの表面に顔があらわれる。

ほんとうは、ものだまはどこにでもいるらしい。だけど、ふつうはものだまの声は聞こえない。この町に越してくるまでは、もちろんわたしも、そんなものがいるなんて、まったく知らなかった。

だが、坂木町では、なぜかものだまの声が聞こえるのだ。

ものだまは「もの」に宿る。「もの」の種類には関係ない。大きさにも価値にも関係ないし、古くないとダメとか、手作りじゃないとダメとか、そういうこともない。

でも、なんにでも宿るってわけじゃない。ものだまが宿るのは、人間によく話しかけられているもの。小さい子どもがお気に入りの人形にするみたいに、人が話しかけることで、ものだまは生まれるらしい。

坂木町でも、ものだまの声が聞こえる人はほんの少し。そのへんの仕組みは、まだよくわからない。聞こえない人にはものだまのことは秘密（どうせ話しても信じないから）なのだそうだ。

この町に越してきて、変な声が聞こえるようになって、変な事件があって……。話せば長くなるが、そんなときに鳥羽と出会って、ものだまのことを知ったのだ。

鳥羽は、小さいころからものだまの声を聞く力を持ち、ものだまが起こす怪異現象を解決する「ものだま探偵」を名乗っている。

ものだまは、ふだんはとくに悪さはしないが、はげしく怒ったり、悲しんだりすると、怪異現象を引き起こすことがある。鳥羽はこれを「荒ぶる」と呼んでいる。自分で動いたり、ものを動かしたりすることはできないのだが、まわりにいる人の心がおかしくなる。笑いがとまらなくなったり、眠くなったり、身体が動かなくなったり……。

そういう現象が起こったとき、荒ぶっているものだまを捜しだし、しずめるのが「ものだま探偵」の仕事らしい。

いろいろあって、なぜかわたしにも、ものだまの声を聞く力があることがわかり……。さらに、鳥羽のお母さんの佑布さんにも、ものだまの声が聞こえること、なんと、わたしのお母さんも、子どものころ坂木町に住んでいたことがあって、そのとき佑布さんと同級生だったこと、ものだまの声を聞く力を持っていたことなんかもわかって……。

なんだかんだで、わたしは、いつのまにか鳥羽の助手（というか探偵見習い）ということになってしまったのだ。

引っ越したばかりの家のなかにもものだまはたくさんいて、いや、それどころかわたしのランドセルにもついていて、いまはものだまたちのにぎやかな声にかこまれて暮らしている。

あ、そして、もうひとつ（というか、ふたつかな？）、忘れてはならないものがある。

鳥羽の家には、「フクサ」というものだまがいる。茶道で使う袱紗《ふくさ》という布に宿っている。由緒があり、年齢は秘密にしているが、二百歳は越えているようだ。お姫様タイプで、えらく態度が大きい。

そして、うちには「タマじい」というものだまがいる。見た目が大福そっくりの石（だが水晶らしい）に宿っていて、これまた癖のあるおじいさんだ。都合が悪いとボケたふりをするので、年齢を訊いてもよくわからないが、フクサの倍くらいじゃないかと思う。

このフクサとタマじい、ふたり（ふたつ）とも、自分では動けないくせに口うるさいが、長く生きている分、ものだまについてはよく知っている。

「桐生《きりゅう》さん」

突然上からぽんと頭をたたかれ、はっとした。教科書を持った古川《ふるかわ》先生がすぐそばに立って、こっちを見おろしている。

古川先生は、赤い縁のめがねをかけた女の先生だ。大学を出て五年たつのに、いまでもよく大学生にまちがえられるらしい。

「さっきから何度も呼んでたのよ。なにぼうっとしてるの？」

「す、すいませんっ」

あせってまわりを見ると、となりの子が教科書を開いて、途中の行を指さしている。ものだまについてぼんやり考えているあいだに、国語の授業が進行していた……らしい。急いでページをめくる。

「まったく……。桐生さん、連休は終わったのよ」

古川先生が笑って言うと、まわりの子たちもくすくす笑った。

「十二ページ三行目から読んで」

先生に言われ、立ちあがって教科書を読みはじめた。

2　捜査開始！

放課後、鳥羽《とば》といっしょに学校を出た。

「この事件、連休の二週間くらい前から、ネットでも噂になってたみたいなんだ」

鳥羽が言った。

「電車に乗ったのにどこで降りるかわからなくなってしまった人、約束を忘れてしまう人、その日の予定を忘れてしまう人。通勤時間帯にそういう人が続出して、ちょっとしたパニックになったこともあったみたい」

思っていたより大きな事件のようだ。

「ネットでは、電車がらみの怪異現象って騒がれてたんだけど、調べてみると、どれも坂木駅《さかきえき》近辺の話なんだ。それに、もの忘れを起こすのは電車に乗った人だけじゃない。この前の七子《ななこ》のお父さんの話では、先生を駅にむかえにいった人にも、似たようなことが起こってた」

「つまり、事件を起こしているものだまは坂木駅にいる……ってこと？」

わたしは訊いた。

「おそらくね」

鳥羽が頭をかきながら言った。

「とりあえず、これから現場に行ってみようと思うんだ」

「うん、わかった」

ランドセルを家に置いてから駅の北口で会おう、と約束して、鳥羽といったん別れた。

「ただいま」

玄関をあけると、お母さんが出てきた。

「おかえり。おやつ、あるわよ」

「ごめん、すぐ出かける。鳥羽と駅で約束してるの」

「鳥羽ちゃんと？　もしかして、またものだま？」

お母さんの目がきらっとかがやいた。興味しんしん、という目だ。子どものころ少しだけこの町に住んで、ものだまとかかわったことのあるお母さんは、ものだま探偵の仕事にけっこう関心があるみたいだ。

「そうみたい」

「ふうん。でも、じゃあ、どうしようかな。夜、駅でお父さんと待ち合わせすることになったの。晩ごはん、食べにいこう、って」

「そうなの？　何時？」

「七時に坂木駅」

「さすがに、それまでには終わるよ」

わたしは答えた。探偵といっても、わたしたちは小学生。そんなに遅くまで外をふらふらしてるわけ、ないじゃないか。

「ついでにちょっと早めに行って、駅ビルで買い物しようと思ってたのよ。そろそろ七子の半袖の服も必要だし」

この前半袖を着てみたら、丈が短くなっていたのを思いだした。一年でけっこう背がのびたらしい。

「じゃあ、六時に駅で待ち合わせにしようよ」

「そうね。じゃあ、駅の中央改札ね」

「わかった」

わたしはうなずいて、二階にあがり、ランドセルを自分の部屋に置いた。

「ボクも行きたい」

男の子の声がした。ランドセルに顔がうかんでいる。わたしのランドセルについている、小学校低学年くらいのものだまだ。

「ダメだよ。ランドセル背負って、出歩いちゃいけない決まりなんだから」

ランドセルに言いきかせる。

「えーっ、つまんないよ。はじめての捜査なのに……」

すねたように言う。ランドセルも、捜査に興味があるんだろう。

「しかたないでしょ、学校の規則なんだから」

「……わかったよ」

ちょっとむくれた顔をして、ランドセルは黙った。

「わしは行くぞ」

机のうえから声がした。タマじいだ。

「寝てたんじゃなかったの？」

タマじいはよく寝る。老人ですからね、とフクサは言うが、おもしろそうなことがあるときには必ず起きてるから、ほんとは半分くらいたぬき寝入りなんじゃないか、という気もしている。

「捜査なんじゃろ？　おまえらだけでは、頼りないからの。わしも行く」

「わかったよ」

わたしは小さなポシェットを出し、タマじいを入れた。

「ずるいなあ、タマじいは」

ランドセルが不満そうに言った。

駅に着くと、鳥羽はもう来ていた。

ポシェットの奥からタマじいの寝息が聞こえる。すっかり眠りこんでいるらしい。起こすとまた、面倒なことを言いだしそうなので、そのまま寝かせておくことにした。

「さてと。捜査開始、と行きますか」

鳥羽はそう言って、あたりを見まわした。

「そうだね。で、どこを調べるの？」

「そこなんだよね……」

鳥羽がぼんやりした顔になる。

「犯人、いったいどこにいるんだろ」

鳥羽は怪異現象の原因になっているものだまを「犯人」と呼ぶ。

「改札のなかなのか、外なのか」

「駅のまわりってことは？」

わたしは訊いた。

「その可能性は低いと思うよ。そうだとすると、被害者は町のなかの人の方が多くなるはず。でも、今回は電車に乗ってた人の方が多いからね。駅を使った人ってこと。だから、駅のなかだと思うんだけど……」

困ったようにあたりを見まわす。

「駅っていっても広いからなあ……。まずは、記憶に関係しそうなものに当たってみるか」

「記憶に関係するもの？　どうして？」

「まったく。これだから見習いは……」

鳥羽のポケットからフクサが口を出してきた。いつもながら、妙にえらそうな口調だ。

「まあまあ。前の事件では、七子は依頼人みたいなものだったわけで……。つまり、七子にとっては、これがものだま探偵としてはじめての事件。だからね、捜査の手順がわからなくて当然だよ。しかし、そうだな、どこから説明すればいいんだろう」

鳥羽が首をひねる。

「この前の事件のときは、犯人が七子んちのなかにいるってわかってた。だから、わりと簡単に犯人を捜しだせたんだけど……駅は、広すぎる」

鳥羽はあたりを見まわし、首をすくめた。

「それに、家のなかとちがって、たくさんの人が通るこういう場所では、みんな、ものに話しかけたりしない。だから、そもそも、ものだまがあんまりいないんだよ。つまり、ほかのものだまから情報を集めるのもむずかしいってこと」

「そうか……」

ものだま探偵といっても、ものだまの声が聞こえるだけで、遠くから気配がわかるわけではない。ものだまがしゃべるときには、宿っているものの表面に顔がうかびあがるけれども、黙っていると顔は見えない。だから、ふつうのものと見分けがつかない。荒ぶったものだまは、怒りや悲しみで黙りこんでしまうので、いることがわからなくなってしまうのだ。

つまり、ふつうの探偵が犯人を捜すように、捜査や推理で、荒ぶっているものだまをさぐりあてなければならない。それで、周囲にいる別のものだまに聞きこみをすることもあるのだが、今回はそれもむずかしい、ということだ。

「で、そういう場合は、怪異現象の性質と関係のありそうなものを片っぱしから調べていく、ってわけ」

「性質って？」

「ものだまの起こす怪異現象は、ものだまの宿ったものの役割と結びついていることが多いんですの。もちろん、それだけとは言えないんですけれども……」

フクサの声がした。

「役割っていうと？」

「たとえば……わたしの場合でしたら、わたしが宿っているのは袱紗《ふくさ》、つまり布ですわね。だから、布の役割……たとえば、包む、とか……」

「覆う、とか？」

「そうですわね。それから、隠す。包んだり覆ったりして、あるものを見えなくする。ほかにも、拭きとる……つまり、なにか消してしまう、とか……」

「もちろん、ほんとうにものが消えるわけじゃないよ。ものは変わらずそこにあるのに、人間の目から見えなくなる、ってこと」

鳥羽が言った。

「で、今回の事件では、被害者はみんな、一時的に記憶を失っているでしょ？　だから、記憶に関係したものに宿ってるものだまじゃないかな、って」

「なるほど……。でも、なんだろう、記憶に関係するものって？」

「そうだね。たとえば、記憶を残すためのもの。メモ帳とか、カメラとか、録音機材とかも当てはまるかな」

「携帯電話にも、メモ機能があるよね」

「でも、メモ帳もカメラも携帯電話も、ここにはたくさんあるからね」

鳥羽が困ったように笑った。たしかにその通りだ。携帯電話を持ってない人なんて、ほとんどいない。

「でも、駅にずっといる人は、あんまりいないでしょ？　たいていの人は、どこかに移動するために駅を利用する。つまり、かぎられた時間しかいない。でも、もの忘れ事件は一日じゅういつでも起こってるし、発生するのがこの駅に集中してるわけだから……」

「この駅にいつでもあるもの、つまり、駅に取りつけられているもの？」

わたしは訊いた。

「そういうこと」

鳥羽がうなずく。駅に取りつけられているもので、記憶に関係するもの……。

「そうだ、監視カメラは？　ほら、よく駅のホームについてるでしょ？」

「うん、わたしもそれは考えた。けっこうたくさんあるけど……ひとつずつ当たってみるか」

鳥羽が歩きだす。わたしもあわててついていった。


坂木駅には改札がふたつある。

ひとつは、いまわたしたちがいる中央改札。改札を出ると右に北口、左に南口、正面に駅ビルの入り口がある。鳥羽やわたしの家、坂木町小学校は全部北口側にある。お父さんが勤めている坂木町遺跡博物館は南口側。

そしてもうひとつ、駅の東側に東口という小さな改札がある。こちらは改札があるだけの小さな建物で、利用者も少ない。

まずは監視カメラということで、中央改札から駅のなかに入った。

監視カメラは何台もあった。だが、どれも人の手が届かないくらい高いところに取りつけられている。

「これじゃ、話しかけるのは無理だね。それに、よく考えたら、監視カメラに話しかける人なんていないよ」

鳥羽が笑いながらため息をつく。

ホームをあちこち歩きまわったが、それらしいものはぜんぜん見つからない。ベンチとか、柱とか、ジュースの自動販売機とか、ものはいろいろあるけど、ものだまがついてそうなものは、意外とないのだ。

「駅の設備じゃなくて、駅員さんの持ち物だったりして……。携帯電話とか、メモ帳とか……」

わたしが言うと、鳥羽は、ふん、と鼻を鳴らした。

「だったら最悪だね。駅員さんだけじゃない。駅で働いてる人みんな持ってるだろうし。個人の持ち物なんて、チェックできないよ」

その通りだ。鳥羽は困り果てた顔で、腕組みした。

「こりゃあ、けっこう難事件だなあ」

いつもは自信満々な鳥羽も、どうしたらいいかわからないらしく、元気がない。フクサも黙りこんでいる。

そして……。わしも行く、とえらそうに言ったタマじいは、まったく起きる気配がない。

時計が目に入り、六時になろうとしているのに気づいた。

「ごめん、鳥羽。わたし、六時にお母さんと約束してたんだった」

わたしは鳥羽に言った。

「もう六時？　わたしもそろそろ帰らないと」

鳥羽がため息をついてうつむく。なぐさめないと、と思ったけど、いいアイディアも思いつかず、なにも言えない。

「ま、こういう日もあるよ」

そう言って鳥羽が顔をあげた。

「いちいち落ちこんでたら、捜査なんかできない。今晩、作戦を考えとくよ」

気をとり直したように、にまっと笑う。

「そ、そうだよね」

わたしも笑った。

階段をのぼって中央改札にもどる。

「じゃ、明日また」

鳥羽は手を振り、北口に向かって走っていった。

改札のまわりを見てみたけど、お母さんはまだ来ていないみたいだ。

「これ、なあに?」

うろうろしていると、女の子の声が聞こえた。小さい女の子が壁の前に立ち、なにか指さしている。

「ああ、伝言板?」

お母さんらしい女の人が答えている。見ると、その子の見ている壁に、古い黒板があった。

「でんごんばん?」

女の子が訊いた。

「だれかがだれかにお手紙を書くところなの。たとえば、そうね、パパとママがあとで駅で会いましょう、って約束したとするじゃない? でも、待っててもパパがなかなか来ない。そういうとき、『先に行ってます』とか『どこどこで待ってます』とか書いておくの。パパが来たとき、それを見ればどうすればいいかわかるでしょ?」

お母さんが女の子に向かって言う。

「でも、電話すればいいじゃない?」

「うーん、いまはみんなが携帯電話を持ってるけど、むかしはちがったのよ。電話っていうのは、家にしかなかったの。あとは公衆電話かな。とにかく、持って歩ける電話なんてなかったのよ」

「え？　そうなの？」

女の子がびっくりしたような顔になった。

「そうか。みゆちゃんは携帯がなかったころのこと、知らないのね」

お母さんの方も驚いたような声で言った。思わず笑ってしまった。わたしもお母さんと似たような会話をしたことがある。

わたしたちにとって、電話というのは持って歩くものだ。自分の携帯電話を買ってもらったのは小三のときだけど、お父さんもお母さんも、おじいちゃんもおばあちゃんも携帯を使ってるし、それがあたりまえだ。

だけど、お母さんにとってはちがうらしい。お母さんたちが子どものころは、電話は家にあるもので、しかも一台しかなくて、家族全員でそれを使っていたのだと言う。

そんなんでよく生活できていたな、と思った。

でも、さらにむかしになると、炊飯器も冷蔵庫もなかったわけで……。さらに前になると電気もガスも水道もなくて、そしてさらにさらにむかしになると……。

「七子」

うしろから声がした。はっとしてふりむく。お母さんが立っていた。

「なに見てるの？」

「あ、うん……。伝言板」

見ると、女の子とお母さんが、伝言板の前から離れていくところだった。

「あそこにいる小さい女の子とお母さんが、あれ見ながら話をしてたの。むかしは携帯がなかったから、こういうのを使ってたんだ、って……」

「あら、ほんと。めずらしい。伝言板じゃない」

お母さんが伝言板にかけよった。

「なつかしいなあ。あったわよ、これ。わたしが住んでたころも」

お母さんが伝言板をなでた。

「でも、やっぱりあんまり使われてないみたいねえ。まあ、いまはみんな携帯持ってるし、使わないよね」

たしかに、伝言板にはほとんどなにも書かれていない。真ん中に大きく、わけのわからないカタカナの羅列があるだけだ。

子どものいたずら書きかな？　こんなに大きく書いたら、ほかの人が書けないじゃないか、と思ったけど、だれも使ってないみたいだし、まあいいのか……。

「ええと……で、なんだったたっけ？」

お母さんが言った。

「なに、って……？」

「七子は、どうしてここにいるの？」

「え？」

なんで……だろう？　そういえば、なんでここにいるんだっけ？　なにか用があったような気がするんだけどな……。

「お母さんこそ、なんで？　買い物？」

「え？　あれ？　なんでだっけ……。ま、いっか。せっかくここで会ったんだし、駅ビルに寄ってかない？」

お母さんはそう言って、駅ビルに入っていった。

食料品売り場でいろいろカゴに入れて、レジの列に並んだときだ。

「あれ？」

お母さんがぼんやり言った。

「七子！」

お母さんが叫んだ。まわりの人がびっくりして、こっちを見た。

「どうしたの？」

「やだ、なんで忘れちゃったのかしら。今日は、お父さんと約束してたんだ。それで、七子とも駅で待ち合わせしたんじゃないの」

「ああーっ」

わたしも叫んだ。そうだ。お父さんと七時に待ち合わせしてるから、って……。なんでだ？　待ち合わせのことも忘れてるし、わたしの夏物の服も買ってない。

「ちょっと、いま、何時？」

お母さんがあわてて携帯を出す。

「うわ、もう六時五十分よ」

「じゃあ、どうすんの、レジは……？」

「だって、これから外でごはん食べるのよ？　これ買ってる場合じゃないわよ」

カゴのなかには、すぐ冷蔵庫に入れなくちゃならないような、牛乳やら豆腐やら肉やらが入っている。

「どうしよう？」

「もどすしか、ないでしょ？」

お母さんが言った。それから大あわてで商品をもとの場所にもどし、お父さんとの待ち合わせ場所まで走った。

着いたのは七時五分すぎ。ちょうどお父さんもやってきたところで、なんとか間に合って、ほっとした。

「なにやってんだ、ふたりとも」

食事のときにその話をすると、お父さんが大笑いした。

「お母さん、ぼんやり病が再発したのか？」

お父さんが言う。

ぼんやり病。それこそまさに、引っ越してきてすぐのときに、うちのものだまが引き起こした怪異現象だったのだ。

ものだま……。

怪異現象……。

……もの忘れ事件……。

「うわああ」

思わず、声をあげた。

やられた。

これって……まさに、いまわたしたちが調べてる「もの忘れ事件」だ！

「どうしたんだ、七子？」

お父さんがふしぎそうな顔でこっちを見た。

「あ、ううん、なんでも……。学校の宿題で、思いだしたことが……」

もごもごとごまかす。

なにかをすっかり忘れてしまう。しばらくたって思いだす。まさしく「もの忘れ事件」の特徴そのものじゃないか。

なるほど。もの忘れって、こんなふうになるのか。どうしてかわからないけど、あのときはたしかに、お母さんもわたしも、待ち合わせしたことを忘れてしまっていた。

ほんとにすっぽりと、完全に。

このこと、鳥羽に話した方がいいよなあ。でも、言ったらきっとフクサにバカにされる。

ああ、言いたくないなあ。

がくんとうなだれた。まったく、なにやってんだ、わたし。

それに、タマじいも……。あのときだって、ポシェットのなかにいたくせに、ずっと寝てただけで……。

ため息をついた。

3　仮病作戦

次の日の放課後、鳥羽《とば》といっしょに学校を出ようとしたとき、だれかがうしろからどん、とぶつかってきた。

「あ、ごめん」

あやまる声がした。見ると、男子が立っている。背はそんなに高くないけど、整った顔立ちに、切れ長の目。黒いさらっとした髪。

だ、だれ？　この子。かっこいい……。なぜかどきどきしてきた。クラスの男子とはまったくちがう。六年生かな？　思わず、ぼうっと見とれてしまった。

「なんだ、律《りつ》か」

鳥羽の声がした。

「ああ、桜井《さくらい》」

男の子が鳥羽の顔を見て言った。

「友だち？」

鳥羽に小さい声で訊く。

「藤沢《ふじさわ》律。一組だよ」

「五年生……？」

意外だった。クラスの男子はもっと、なんていうか、子どもっぽい。でも、この子は全然ちがう。同じ五年生だなんて、信じられない。

「その子は？」

藤沢くんが鳥羽に訊いた。

「うちのクラスの転校生。桐生七子《きりゅうななこ》。五年生になって、引っ越してきたの」

「へえ」

藤沢くんが、ちらっとわたしを見た。

「桐生……七子です」

小さな声で答える。

「ごめんね、桐生さん。じゃあ」

律くんはそう言うと、校門を出ていってしまった。

「じゃあ？」

鳥羽が、藤沢くんのしゃべり方を真似して言った。

「『ごめんね、桐生さん』？　なにカッコつけてんだか」

ふん、と鼻を鳴らす。

「鳥羽、仲いいの、あの子と」

「仲いい？　まさか。むしろ犬猿の仲ってやつかな。っていうか、はっきり言って、天敵」

鳥羽がまたしても、ふんと鼻を鳴らす。

「そ、そうなんだ……」

鳥羽の目つきがちょっとこわくて、なにも訊けなくなった。

「律はね、鳥羽とは、おさななじみなんですの」

鳥羽のポケットから声がした。フクサだ。鳥羽がフクサを引っぱりだす。

「別に、保育園がいっしょだっただけだよ」

鳥羽がフクサに言う。

「だから、世の中ではそれを、おさななじみって言うんじゃありませんこと？」

「まあ、そういう言い方もあるけどさ……」

鳥羽がぷいっと顔をそむけた。

「なんというか……これまでいろいろあったんですのよ、律《りつ》と鳥羽は。で、いまはこんな状態で……」

フクサがあきれたように言う。この話はこれ以上しない方がよさそうだ。

「ま、律のことなんかより、捜査よ、捜査」

鳥羽が言った。

「あ、そ、そうだね」

あのこと、言わなくちゃ。きのう、お母さんとわたしが、駅で「もの忘れ事件」にあったこと……。言いたくないけど、でも……。

「実は、きのう、フクサと作戦を考えてね」

わたしがもごもごしているうちに、鳥羽が言った。

「さ、作戦?」

「駅の事務室にもぐりこもう」

鳥羽がにやりと笑った。

「ええっ?」

「記憶を残すためのものっていうと、いちばんあやしいのはやっぱり事務室、ってことになってさ」

「でも、どうやって……?」

「それなんだけど……考えてみたんだ。駅で気分が悪くなった人って、駅員さんに運ばれていくでしょ?」

鳥羽がわたしをじっと見た。

「つまり、駅で倒れれば、事務室に入れるんじゃないかって……」

「仮病ってこと?」

「そう」

鳥羽がうなずく。

「で、でも、だれが……?」

いやな予感がする。

「あなたに決まってますことよ、新米」

フクサがわたしに向かって言った。

「え? わ、わたしー?」

思わず悲鳴をあげた。

「で、できないよ、そんなの。ほら、わたし、まだ見習いだし、演技とか、そんなむずかしいことは、ちょっと……」

あとずさりしながら言った。

「なに言ってるんですの？　見習いのくせに仕事を選ぶなんて……」

フクサが、あきれた、という顔になる。なんでそんなこと言われなきゃならないの、と思ったが、勢いに押されて、ぐっと黙ってしまった。

「だいたい、倒れる方は、ただ横たわってればいいんですのよ。演技が必要なのは、むしろ、つきそいの方ですわ。それに、駅員さんにばれないように、こっそり事務室のなかのものだまの聞きこみをしなきゃいけないんですのよ」

フクサがどんどん押してくる。

「で、でも……やだよお」

仮病なんて、うまくできるかわからない。嘘をつくのも、いやだ。それに、もしばれたら……どうなるかわからないけど、きっと叱られる。親や学校に電話する、とか言われたら……？

「大丈夫だよ。七子はただ横になってれば、あとはわたしがなんとかするから」

鳥羽が言った。

「でも……」

「頼むよ」

鳥羽が両手を合わせ、頭を下げてくる。

「うちの和菓子、ごちそうするから」

「和菓子……？」

鳥羽の家のお店が頭にうかぶ。鳥羽のお母さんの作る和菓子は、とびきりおいしいのだ。

「ね？　ひとりじゃできないんだよ、この仕事。お願い」

鳥羽の顔が近づいてきた。たしかにもの忘れ事件をこのままにしとくわけにはいかない。それに……。

「わ、わかったよ。やってみる」

頭のなかにお菓子がちらついて、思わずそう答えてしまった。

家に帰ってランドセルを置き、タマじいを連れて家を出た。駅で鳥羽と会い、ホームに降りた。

「ここらへんかな」

ホームの端のベンチを指さし、鳥羽が言った。

「ど、どうすんのよ？」

「だから、ふらっと、倒れそうになってから、このベンチに横になるんだよ」

「そんなこと言われても……」

「人が通りかかったときをうまくねらって。だれかが見てるところでやらないと、意味ないんだから」

　ますますプレッシャーがかかった。

「え、で、でも……」

　つぶやいたとき、鳥羽のひじが脇腹をつついた。

「いまだよ」

　スーツを着た女の人が歩いてくるのが見えた。

　う、嘘……ほんとにやるの……？

　鳥羽が、横からじろっとわたしをにらむ。

　もう、どうとでもなれ、だ。

　わざとらしいんじゃないか、と思いながら、一度よろけてしゃがみこんだ。

「どうしたの？」

　鳥羽の大げさな声が聞こえた。しゃがみこんだわたしをかかえ、ベンチに横にならせる。

こ、こんなんでうまくいくのか……？

目をぎゅっと閉じた。

「どうかしたの？　大丈夫？」

うえから声が聞こえた。女の人の声だ。

「す、すみません、友だちが……気分悪くなっちゃったみたいで……」

薄目をあけてちらっと見ると、鳥羽が泣きそうな顔になっていた。

「落ち着いて。大丈夫よ。いま、駅員さん、呼んでくるから」

女の人が走っていくのが見えた。

うまく……いった……？　そっと目をあける。

「いいから、目、閉じてて」

鳥羽が、小さく、でも鋭い声で言った。はっとして目を閉じる。

「大丈夫ですか」

足音がして、今度は男の人の声がした。駅員さんらしい。

「すいません、友だちが……突然、倒れて……」

今度は鳥羽の声。

「どうしたの？　大丈夫？　聞こえる？」

近くに人がしゃがむ気配がした。わたしはうっすら目をあけて、ゆっくりうなずいた。

「吐き気は？」

そう言いながら、わたしのおでこに手を当てた。

「……ありません」

苦しそうに答える。冷や汗が出た。

「熱はないみたいだね。頭は？　痛くない？」

頭は……別の意味で痛いけど……。

「……大丈夫……です」

できるだけ弱々しく答える。

「とりあえず、ちょっと事務室で休もうか」

駅員さんが言った。

やった！　うまくいった。思ったより簡単だった。駅員さんの心配そうな顔を見ると、なんだか申し訳ない。けど、これも仕事だ。しょうがない。

「立てるかな？」

駅員さんにかかえ起こされ、鳥羽とふたりにささえてもらって歩きだした。

事務室に入ると、隅のソファに横にならせてくれた。駅員さんが何人も、部屋のなかを忙しそうに歩いている。

「お水、持ってくるから、ちょっと待っててね」

ここまで連れてきてくれた駅員さんが、そう言って去っていった。

鳥羽は、となりの丸椅子にちょこんとすわっている。

「すみません」

フクサの声がした。ものだまの声が聞こえる人がいないか、確かめるためだ。駅員さんたちはだれもふりかえらない。聞こえる人はいないってことだ。

それを確認すると、フクサは事務室のなかのものだまを捜して、声をかけはじめた。

ああ、それにしても……。わたし、なんでこんなことやってるんだろう?

「……いったいどうなっちゃってるんだろうなあ。今日も午前中だけで三人も」

ちょっと離れたところから、ほかの駅員さんたちの会話が聞こえてきた。

「最近、多いですよね、そういう……大人の迷子」

「大人の迷子?　なんだ、それは」

大人の迷子?　もしかして「もの忘れ事件」の話かも……。思わず聞き耳を立てる。

「ホームまで行ったんだけど、どこに行くか思いだせなくなったって言って、切符やICカードの払いもどしにくるんですよ」

「午前中に三人も？」

「ええ。それに、わざわざぼくたちに言わないだけで、なんだかそういう人、もっとたくさんいるみたいなんですよ。坂木駅《さかきえき》のまわりで大人の迷子が続出してるって、けっこう噂になってるみたいで」

「そういえば、ホームでぼうっとしてる人とか、うろうろ行ったり来たりしてる人、最近妙にたくさん見かけるような……」

「迷子っていうか……。自分の行く場所がわからなくなるみたいですよね。だから、もの忘れって言う方が近いかな」

「もの忘れかあ……。やっぱり春だからぼんやりしてるのかな」

　駅員さんたちが笑う。

「でも、ちょっと多すぎますよ」

「それに……。実は、ぼくもこの前、業者さんとの打ち合わせの約束を忘れちゃって……。たまたま田中《たなか》さんが教えてくれたから、なんとか間に合いましたけど……」

「そうだったな。あのときは、どうしてあんなことになったんだ？」

「それが、さっぱりわからないんですよ。昼まではちゃんと覚えてたのに、なぜかすっぽり……」

「しっかりしてくれよ。気のゆるみは事故につながるぞ」

「すみません……。でも、なんであんなことに……。おかしいなあ。魔法にかかったみたいだ」

薄目をあけると、駅員さんが首をひねるのが見えた。

「大丈夫かい？　水、持ってきたけど……」

突然、近くで声がした。さっきの駅員さんだ。びくん、としてとび起きそうになった。

いけない。具合が悪いことになってるんだから、じっとしてなくちゃ。

ゆっくり身体を起こす。水を受けとって、ひと口飲んだ。

「おうちに連絡するね。むかえにきてもらおう。連絡先、教えてくれるかな」

「え、ええと……」

連絡先？　どうしよう。いくらものだまがらみって言っても、嘘ついて事務室にもぐりこんだってばれたら……お母さんだって、さすがに怒るかも……。

「大丈夫です。この子、貧血気味で……。こういうこと、よくあるんです」

鳥羽が横から冷静な調子で答えた。

「そうなの？」

「はい。お水飲んだら、少し楽になりました」

わたしもうなずいて言った。

「ほんとに？」

駅員さんが、心配そうにわたしの顔をじっと見た。

「うち、ここから近いんです。自分たちで帰れます。もう、大丈夫だよね？」

鳥羽がそう言って、わたしの腕を取った。わたしはうなずいて、ゆっくりと立ちあがった。

「無理しちゃ、ダメだよ」

駅員さんが言う。

「大丈夫です」

わたしはまっすぐに立って、言った。

「すいません。ありがとうございました」

鳥羽がそう言って、頭を下げる。わたしもあわてておじぎをした。

駅から外に出たところで、鳥羽が立ちどまった。

「はああ。もう、どうしようかと思ったよ」

ようやく大きく息をつく。「おうちに連絡」と言われたときは、ほんと、どうなるかと思った。まだ少し胸がどきどきしている。

「で、どうだったの？」

鳥羽に訊く。

「それが……。まったく反応なし。あの部屋には、ものだまはいないみたい」

がっかりした様子で、鳥羽が頭をかく。

「でも、荒ぶったものだまはしゃべらないから、いてもわからないって……」

わたしは訊いた。

「それはそうなんだけど、あそこじゃないと思う」

「どうして？」

「なんていうか……あの部屋、駅員さんがたくさんいるし、いかにも仕事場って感じでしょ？　ものに話しかける人なんていそうにないし……」

「事務室なんだからあたりまえでしょ？」

気がついてなかったのか……。鳥羽もこういうところはちょっと抜けてるんだな。

「それに、よく考えたら、もし事務室に犯人がいたら、電車の運行とか、構内のアナウンスとかもめちゃくちゃになって、駅のなか、大パニックだなあって……」

それもあたりまえだ。鳥羽なりになにか考えがあるんだと思ってたのに、ちがったんだ。

「じゃあ、なんでわたし……」

なんのために仮病に……？　あんなにがんばったのに、いったいなんだったの？

「ごめんごめん。わたしの考えが足りなかった」

鳥羽が両手を合わせ、ぺこぺこ頭を下げる。

そのとき、さっきの駅員さんたちの会話を思いだした。

「そういえば、駅員さんたちも困ってたみたいだよね、『もの忘れ事件』」

「え？」

鳥羽が首をかしげる。

「聞いてなかった？　さっき事務室のなかで駅員さんたちが話してたでしょ、『もの忘れ事件』のこと」

「そうなの？　ものだま捜しに集中してて、気がつかなかったよ」

鳥羽がびっくりしたように言った。

「なんて言ってたんですの？」

フクサが訊いてきた。

「ホームまで行って、自分がどこに行くのかわからなくなって、払いもどしにくる人がたくさんいるんだって。みんな行き先を忘れちゃってるって……」

「ほかには？」

「えーと……。たしか駅員さんもひとり、打ち合わせの約束を忘れちゃった、とか……」

「約束？　打ち合わせの……約束……」

鳥羽がはっとしたような顔になる。

「もしかしたら、いままでちょっと勘ちがいしてたのかもしれない」

「勘ちがい、って？」

わたしが訊くと、鳥羽がにんまりした。

「みんながもの忘れしてるから、ものだまがついてるのは記憶にかかわるものだと思いこんでたけど……」

そこで一瞬黙り、わたしの顔を見る。

「みんな、なにもかも忘れてしまったわけじゃない。記憶喪失になっちゃったわけじゃないんだよ。みんなが忘れてしまったことには共通点がある」

　鳥羽が探偵顔になった。

「共通点……？」

「丸山先生も博物館の人も駅員さんも、忘れてしまったのは『待ち合わせ』だよね。それに、ネットの噂でも、みんな『待ち合わせの時間に遅れた』とか、『約束した場所に行けなかった』とかって……。つまり、なんでもかんでも忘れちゃうわけじゃない。みんなが忘れてしまったのは、『待ち合わせ』や『その日の約束』なんだよ」

　待ち合わせ？

　きのうのお父さんとの待ち合わせ……。

　いけないいけない、そういえば、あのこと、まだ話してなかったんだ。

「あのさ、鳥羽……言うの、忘れてたんだけど……」

　いまさら言いにくいけど、あきらめて話すことにした。

「実は、きのう……鳥羽と別れたあと、お母さんとわたしも『もの忘れ病』になって……」

「ええっ？」

「駅でお父さんと待ち合わせしてたのをすっかり忘れちゃって……いっしょに外でご

はんを食べるから待ち合わせしてたのに、駅ビルの地下で買い物して帰ろうとして……」

「待ち合わせ……。なんでもっと早く話さなかったの」

「ご、ごめん……」

フクサにバカにされるから、とは言えず、うなだれた。

「まったく……探偵が被害者になってどうするつもりなんですの？ しかも、自分が被害にあったこと自体忘れてしまうなんて……いったいどこまでボケボケなんだか……」

フクサがあきれたように言った。くやしいけど、言い返せない。

「それに、タマじいは？ いっしょにいたんじゃなかったんですの？」

「でも……寝てたから……」

小声で答えた。タマじいは……いまも、寝てる。「七子が動いておると、なんとなくこう、眠くなってのう」なんて言ってたけど、ゆりかごじゃないんだから……。

「まあ、ともかくさ、これで一歩前進したわけだから。事務室にしのびこんだ意味もあったわけで……」

鳥羽が笑った。

「で、どんな感じだったの？　くわしいこと、教えて。まず、お母さんとはどこで待ち合わせしてたんだっけ？」

「ええと……中央改札。わたしの方が先に着いて、お母さんを待ってて……。あとからお母さんが来て、それで……」

そうだ、それでなぜか偶然会ったような気になって、じゃあ、駅ビルで買い物して帰ろうということになったんだっけ……。

「中央改札か。よし、とりあえず中央改札にもどってみよう」

鳥羽が言った。

4　いたずら書き

「で、わたしと別れたあと、どこにいたの？」

改札口の近くまで来ると、鳥羽《とば》が訊いた。

「えーと……。改札のまわりをうろうろして……そうだ、あそこ」

わたしは伝言板をさした。

「あの伝言板の前に小さい女の子とそのお母さんがいて……伝言板のこと話してて……そこにうちのお母さんがやってきて、いまどき伝言板なんてめずらしいわね、って……」

少しずつきのうのことを思いだしてくる。

「伝言板……？」

鳥羽が目を見開いた。

「伝言板！　そうか、もしかして……」

鳥羽はなにかひらめいたようで、伝言板をじっと見つめた。

「どうしたの？」

「わからない？　伝言板だよ。いい？　この事件でみんなが忘れてしまったのは『待ち合わせ』や『その日の約束』。つまり、だれかとだれかのあいだで交わされた取り決め。事件の本質は『記憶』じゃなくて、なにかを伝えること。連絡事項。メッセージ……つまり……」

「伝言……？　じゃあ、あの伝言板が……？」

犯人なの？　近づこうとすると、鳥羽にとめられた。

「待って。あれが犯人だとすると、近づくのは危険だよ。待ち合わせとか、また忘れちゃうかもしれないからね」

「あ、そっか……」

見ると、伝言板いっぱいに、大きなカタカナの文字が書かれていた。

ああいうの、きのうも見たな。

フナフシト……？

意味がわからない。いたずら書きかな。

「犯人……なのかな？」

「まだ、そこまでは……ものだまがついてるかどうか、わからないし……」

「いや、ついとるぞ」

いきなりタマじいの声がした。

「タマじい……？　起きてたの？」

「起きておるわい」

ほんとに？　いったい、いつから？

「たしか、あの伝言板にはものだまがついておったはずじゃ。前にこの町に住んでいたころ、聞いたことがある。しずかなものだまらしくてな、わし自身、直接しゃべったことはない。じゃが、噂は聞いた。あれは……だれからじゃったか……」

タマじいが目を閉じる。

「あの伝言板って、そんなむかしからあるんだ」

鳥羽が言った。

「うちのお母さんも言ってたよ。前にここに住んでたときも、あの伝言板、あったって」

「そういえば……たしか、鳥羽がまだ小さいころに南口側が大きく改築されて、あたらしい駅ビルが建ったんですの。でも、そのとき北口側は手つかずで……」

「そうだね。この駅、斜面に立ってるから、南口側と北口側は地面の高さがちがうんだよ。北口の方が高い。北口の建物は、線路をはさんで、駅ビルとはちがう、古い建物なんだ」

「そうそう。北口の建物ができたのは、佑布《ゆう》が小学生だったとき。百子《ももこ》がここに越してきたころは、まだできたてだったはずですわ。そのときにも、あの伝言板はありましたわね」

百子というのは、わたしのお母さんだ。

「じゃあ、伝言板ができたのは、その北口の建物ができたとき？　三十年くらい前ってこと？」

「いいえ、もっと前……。ここが古い木の駅舎だったころから、改札口の近くには伝言板がありましたわ」

フクサが思いだしたように言った。

「ものだまがついているなんて、ちっとも知りませんでしたけど」

「黒板って、そんなにもつものなの？」

わたしは訊いた。

「何年かに一度は表面をぬり直したり、はり直したりするものらしいが……。部品を修理したり、交換したりしても、ものだまは消えたりしないからの」

「でも、この伝言板、いまはあんまり使われてないみたいじゃない？　使われなくなると、ものだまもいなくなる、ってことはないのかな？」

「それはないと思うよ」

鳥羽が言った。

「そうじゃな。一度宿ったものだまは……わしのように眠ってしまうことはあっても、いなくなる、というのはあんまり聞かんのう……」

「じゃあ、あの伝言板には、いまでもものだまがついてる、ってことだよね。そして、わたしはあの近くで『もの忘れ病』にかかった」

わたしは言った。たしかに、あやしい。

「そうじゃな。このあたりにほかのものだまがいるとも思えんし……。十中八九、あやつが犯人じゃな」

「だから、どうしてそう言いきれるの？」

「それは……男の勘じゃ」

タマじいが、欠けた歯をにっと出して笑った。

男の……勘？　なんだ、それは。

フクサもあきれたようにため息をついた。

「タマじいの勘はともかく、伝言板があやしいのはまちがいない」

鳥羽が伝言板をじっと見つめる。

「そういえば、あの伝言板、なんか書いてあるよね」

わたしは、いたずら書きをさした。

「うん。わたしも気になってたんだよね。なんなんだろう、あれ」

鳥羽が携帯電話を取りだす。

「ちょっと、写真撮ってくる」

そう言って、伝言板の方に歩きだした。

「近づいて大丈夫なの？」

「わたしは大丈夫。慣れてるからね」

鳥羽は、伝言板まで走っていった。

伝言板の前で携帯電話をかまえ、何枚か写真を撮っている。

もどってきた鳥羽の携帯をのぞきこんだ。伝言板にはカタカナが並んでいる。


フナフシトウマナフエマカタツ　ネフモノヒラアタ

「フナフシト……？　なんなんでしょう、これ」

　フクサが言った。

「子どものいたずら書きにしか見えませんけど」

「でも、ちょっと引っかかるな。いたずら書きにしては……めちゃめちゃすぎる」

　鳥羽が言った。

「めちゃめちゃすぎる？」

　めちゃめちゃというのはわかるが、「すぎる」ってのは、どういう意味なんだろう？

「いたずら書きで書くことなんて、だいたい決まってるからね。『バカ』とかさ。これは完全にめちゃめちゃに並んでる」

「字を読めない子が書いたとか？」

「字が読めないくらい小さい子は、こんなにしっかりした字は書けないよ。これを書いたのは、少なくとも小学校中学年。そもそも、それより小さいと、この高さまで手が届かない」

　たしかにその通りだ。

「……そういえば、これ、きのうもあったよ」

「え？　ほんと？」

「うん。おんなじようにカタカナばっかり。消してないのかな？」

「そんなはず、ないでしょ？　ほら、ここにもそう書いてある」

鳥羽が写真を拡大する。たしかに伝言板の隅に「終電後に消しますのでご了承ください」と書かれている。

「でも、あんまり使われてないみたいだし……」

「駅だから、そういう規則はちゃんと守ってるんじゃないかと思うけど……。きのうとまったく同じなの？」

「うーん、そこまでは……」

このくらいの長さだったとは思う。でも、なにしろ意味がわからないから、まったく同じかどうかは思いだせない。

「まずは、聞きこみしてみようか。もしかしたら、書いてるとこを見た人がいるかもしれない」

鳥羽はそう言って、携帯電話をしまった。

中央改札前のコンコースには、いろいろなものがある。駅ビルの入り口、みどりの窓口。伝言板の向かいには、おにぎり屋さんにお弁当屋さん、立ち食いそば屋さんが並んでいる。

「じゃあ、まず、真っ正面にあるおそば屋さんから行ってみようか」

鳥羽が、立ち食いそば屋さんに向かって歩いていく。入り口まで来ると、そばつゆのいいにおいがふわんと漂ってきた。

「いらっしゃい」

カウンターの奥から、声がした。バンダナをしたおじさんだ。流しで洗い物の最中らしく、そう言ってすぐ下を向いた。

「すみません。おそば食べにきたんじゃないんです。実はちょっと、訊きたいことがありまして……」

「訊きたいこと？」

おじさんが顔をあげた。

「はい、あの伝言板のことなんですけど……」

鳥羽が店の入り口の向こうに見える伝言板を指さした。

「あの伝言板に変ないたずら書きがありますよね。ええと……」

「ああ、フナフシトなんとか……でしょ？」

すぐにおじさんが言った。

「知ってるんですか？」

「もちろん。そうか、ほかにも気づいた人がいたか」

おじさんは濡れた手をぬぐい、こっちに出てきた。

「おじさんもね、あのいたずら書きには、ちょっとうるさいよ」

そう言って、にまっと笑った。

「なにか知ってるんですか？」

鳥羽が勢いこんで訊く。

「うん。あれは、坂木駅《さかきえき》の七ふしぎのひとつだからね」

おじさんは、自分の言葉に自分でうなずいた。

「七ふしぎ？」

「いや、別に、おじさんが勝手にそう呼んでるだけなんだけど……」

ほかの六つはなんなんだろう。ちょっと気になるけど、そんな話をしてる場合じゃない。

「もしかしてさ、……きみたち、少年探偵団？」

え……？　少年……探偵団？

おじさんは、妙にうれしそうな顔でこっちを見ている。

「まあ……そんなものです」

鳥羽がきりっとした顔でそう答えた。

「やっぱり……。そうか、少年……いや、少女探偵団か。だったら気になるよね、あれは。ここのところ、毎朝だし」

「毎朝なんですか？」

「うん、そうだね。連休がはじまる二週間くらい前から」

連休がはじまる二週間前？　たしか「もの忘れ事件」もそのくらいからじゃなかったっけ？

「ずっと消されずに残ってるんじゃないんですか？」

「いや、ちがうよ。駅員さんが毎日消してるはずだ、終電が行ったあとでね。おじさんも、消してるとこ何度も見たことがあるから、まちがいないと思うよ」

「だれが書いているか、見たことありませんか？」

「それが、ないんだよ。ほんと、ふしぎなんだよな。朝、おじさんが店あけるときには、もう書いてあるんだから」

「お店あけるのって、何時ですか？」

「開店は七時。でも、準備があるから、六時前には店に入ってるんだ。だけど、あのいたずら書きはもっと早い。おじさんがここに着いたときには、いつも書かれてる」

「毎日同じカタカナなんですか？」

「最近はね。いつもあれ。フナフシトなんとか、っていう……」

「最近は、って……？」

　鳥羽が首をかしげた。

「実はね、こういうカタカナの文、むかしからときどきあの伝言板に書かれてたんだ。でも、前は毎回ちがう字が並んでたし、字ももっと小さくて……」

　おじさんが言った。

「いつからですか？」

「そうだな……もう十七、八年くらい前かなあ」

「じゅ、十七、八年？　そんなむかしから？」

　鳥羽が目を丸くして言った。

「うん。おじさんがここで働きだしたのは二十年くらい前なんだ。で、あれに気づいたのは、それから何年かたったあと。でも、いまみたいに毎日じゃなかったし、書かれる時間もまちまちだった。何日も続くときもあれば、全然書かれない時期もあったし……」

「そのあいだ、一度も書いてる人を見たことないんですか？」

「そうだね。店がはじまっちゃうと忙しいから。伝言板見てる時間なんてあんまりないし。気がつくと書かれてる」

「文字もちがってたって言ってましたよね？」

わたしは訊いた。

「そう。毎回ちがった。わけがわからないカタカナが並んでるっていうのは同じだけどな。なんか、暗号みたいだろ？」

おじさんが、なぜかにやっと笑った。

「暗号？」

鳥羽の目が、はっと大きく開いた。

「なにを隠そう、おじさんも、むかしは少年探偵団の一員だったからさ。もしかして、犯罪のための暗号かなにかじゃないかと思って……」

おじさんは目をかがやかせた。

「ほら、なんかやばいものの受け渡しとか。ちょっとわくわくしちゃって、何回も暗号を解こうとしたんだけど……結局解けなかった」

ごつい感じのこわそうなおじさんだと思っていたけど、笑うとやさしい顔になる。

「そういや、あのころのメモ、捜せば、まだ店のどっかにあるかも……。ちょっと待ってな」

おじさんはそう言って、店の奥に入っていった。上の方の棚をがさごそ捜している。

「これこれ」

そう言って小さな手帳を持ってきた。古いスケジュール帳だ。

「えーと、たしかここに書いてたんだよ。どこだっけ？」

おじさんは手帳のページをめくり、うしろの方で手をとめた。

「あった」

そう言って、開いたページをわたしたちの前にさしだした。

わけのわからないカタカナが並んでいる。

「な？　似てるだろ？」

おじさんの言葉に、思わずふたりでうなずいた。

「あるとき、なぜか何日も続けて、毎日書かれたときがあってさ。気になって、書きとめておいたんだよ」

並んでいる文字はちがうけど、たしかに伝言板に書かれていたいたずら書きと雰囲気は似ている。

「これ、写真撮ってもいいですか?」

鳥羽が言った。

「別に、かまわないよ」

鳥羽の携帯で、何枚か写真を撮った。

「きみたちも暗号だと思うかい? やっぱそうだよなあ。おじさんもそう思うんだ。だって、こんなに長いあいだ意味のないことを続けるわけがない。絶対意味があるはずだ。もし解けたら、なんて書いてあるか、教えてくれよな」

「もちろん」

鳥羽がにっこり笑って答えた。

「それにしても、いまどき伝言板なんて、めずらしいだろ? とくにあんな黒板のは……。そういえば、おじさんがここで働きはじめたころ、ホワイトボードにかえるって話もあったみたいなんだけど、結局駅長さんの意見で、そのままになったとか……チョークの方がマジックより安いからかなあ」

おじさんが思いだすように言った。

「でも、おじさんも黒板の方が好きだね。あじわいがあるっていうかさ」

照れたように笑って、頭をかく。

「むかしはどこの駅にもたいてい伝言板があったんだけどな。最近はあまり見たことがない。携帯電話に慣れたきみたちには、よくわからないものなんじゃないか？」

「そうですね」

「伝言板を知らない人ばかりになっちゃって……もう世の中から消えていくのかもしれないね。そこに伝言板があるって相手も知らないと使えないものだから」

おじさんがそう言ったとき、お客さんが入ってきた。


「暗号……」

おそば屋さんを出ると、鳥羽はそうつぶやいて、写真をじっと見つめた。

「暗号なのかな？」

横からのぞきこんで訊いた。

「まちがいないね」

鳥羽は、妙に確信を持った感じで言った。

「なんで？」

「規則性がある気がする。これ、ランダムに見えるけど、きっとでたらめじゃない。探偵の勘だよ」

「でも、なんのために？　まさか、おそば屋さんが言ってたみたいに、犯罪……？」

ちょっとどきどきした。

「犯罪の可能性は低いと思うよ。いまどき、わざわざそんな方法で連絡をとる犯罪者なんて、いないと思うから」

鳥羽に言われると、たしかにそんな気がした。

「じゃあ、なんのためなの？」

「それはわからないけど……。でも、もしかしたら、暗号を書いてる人はものだまが荒ぶる理由を知ってるかも……。まずは、この暗号、解くしかないね」

鳥羽が携帯を見ながら言った。

「暗号の内容がわかれば、書いた人の見当がつくかもしれないし……。それに、純粋に気になるよ。暗号解読は、探偵の基本だからね」

たしかにその通りだ。クイズを出されて答えがわからないというのは、わたしだって、なんとなく落ち着かない。

「今日はとりあえずここまでにして、うちのお店に行こう。変な役をさせちゃったし、和菓子の約束、守らないとね」

「わーい」

鳥羽の言葉に、うれしくなって思わずとびはねた。

5　暗号

鳥羽《とば》のお母さん、佑布《ゆう》さんのお店は〈笹の便り〉といって、北口商店街のはずれにある。小さいけれど、このあたりでは有名なお店だ。佑布さんの作る和菓子は、宝物みたいにきれいで、とびきりおいしい。

お店はもともと茶室だった建物で、お茶の先生をしていた鳥羽のおじいさんの家の庭にある。小さな木の門の奥にあり、看板も小さいので、知らない人にはお店があるとはわからないかもしれない。

笹の葉の茂る小道を通って、戸をあけた。少しひんやりした空気が漂っている。お茶のいいにおいがした。

「あら、七子《なな こ》ちゃん。いらっしゃい」

わたしたちを見て、佑布さんが言った。

いまはお客さんはなく、店のなかはひっそりしている。

「うん、捜査があったからね」

鳥羽がリュックをおろしながら答えた。

「ああ、『もの忘れ事件』？　なにかわかったの？」

佑布さんが言った。

「まあね。それなりに収穫はあった」

鳥羽が探偵口調で答えた。

「でさ、お母さん。七子にお菓子ごちそうする約束したんだ。ちょっと面倒な仕事を頼んだから……いいよね？」

鳥羽のしゃべり方が、急に子どもっぽくなる。両手を顔の前で合わせ、片目を閉じ、ぺこっと頭を下げた。

「面倒な仕事？　なんだか大変そうね。七子ちゃん、どうぞ。どれか好きなの、選んで」

佑布さんはふふっと笑ってショーケースをさした。

「あ、ありがとうございます」

ちょっとはずかしくなって、わたしはおじぎしながら言った。

「今日のオススメはね、この『万緑《ばんりょく》』」

佑布さんは、緑色の丸いお菓子をさした。よく見ると、小さな葉っぱが集まって、球の形になっている。緑といっても、抹茶の濃い緑ではなく、黄緑のような若草色のような、淡い緑色だ。

「いまは新緑の季節でしょ？　出たばかりのあたらしい葉っぱは、若くてみずみずしくて、色も淡くて、この季節だけの色をしてる。その色を出すようにいろいろ工夫したのよ」

佑布さんは言った。

「『万緑』って、どういう意味なんですか？」

「『万緑の中や吾子《あこ》の歯生《は》え初《そ》むる』っていう有名な俳句があるのよ。中村草田男《なかむらくさたお》っていう人が作ったの。あたり一面の新緑のなかで、わが子の歯が一本生えた、っていう意味。おじいちゃんが好きな句でね、そこからとったの」

鳥羽のおじいちゃん。ここでお茶の先生をしていたという、お父さんの方のおじいちゃん。ものだまの声が聞こえるって話だけど、まだ会ったことはない。

「『万緑』っていう言葉は、もともと中国でちがう意味で使われてたんだけど、草田男がこの句ではじめて『一面の新緑』という意味で使ったんですって。それから夏の季語として認められるようになったの」

「じゃあ、わたし、これにします」

そう言うと、佑布さんがにこっと笑った。

「万緑」のおいしさは感動的だった。ほんのり草の香りがして、なかには白あんが入っている。食べ終わるのがおしくて、ゆっくりゆっくり食べた。

どうしたらこんなにおいしいお菓子を作れるんだろう？　二杯目のお茶を注いでくれている佑布さんの横顔を、思わずじっと見てしまった。

「で、例の事件の収穫、っていうのは？」

ひと息ついたところで、佑布さんが訊いた。

「うん。犯人の目星がついた」

鳥羽がさらっと答える。

「え、ほんと？　きのうは全然わからないって、頭かかえてたじゃない」

佑布さんが目を丸くした。

「まあね。今日、急展開があってさ……」

鳥羽はそう言って、携帯電話の画面に、伝言板の写真を出した。

「なに、これ？」

佑布さんが首をひねった。

「伝言板……？　これが犯人なの？」

鳥羽を見ながら言う。

「うん、たぶんね」

鳥羽がうなずく。

「でも、なんなの、これ。なにか書いてあるけど……」

佑布さんは写真を拡大し、じっと見た。鳥羽はリュックからノートを取りだすと、例の文字をノートに書き写した。


フナフシトウマナフエマカタツ　ネフモノヒラアタ

「なんなの、この……カタカナ」

佑布さんが言った。

「たぶん……暗号」

「暗号？」

佑布さんが目をぱちくりさせた。

鳥羽が、伝言板にはものだまがついているが、いまは黙りこんでいることや、そば屋のおじさんに聞いたことを話した。

「おじさんの話で、似たような暗号が十七年以上も前から書かれていたことがわかった。その暗号が、これ」

鳥羽は、携帯の写真を見せ、文をノートに書き写した。

トウツトフナ　トウコツネフ　ヒラユハオイマカコツット
カラネフカケアタ　シマユハチサカケ　フシミシコツシミコツネフ
トウツトフナ　ツトカヤコツツト　フナハツカケシミコツネフ
コツトウハツオタヤワシナ　クサオタネフフワユハネフ

「呪文みたいね。暗号だとしたら、なんて書いてあるのかしら」

佑布さんが首をかしげた。

「わけのわからない、羅列にしか見えませんけど……」

フクサもぼそっとつぶやく。

「うん。でも、やっぱり規則性がある……と思う。このふたつはどちらも『トウットフナ』ではじまってるし、雰囲気が似てる。同じ規則で書かれてる気がするんだ」

わたしもじっと暗号を見た。たしかにふたつとも「トウットフナ」ではじまっている。

「『トウットフナ』……なんだろう？　それにしても、この暗号……」

鳥羽が目を凝らす。

「なに、どうしたの？」

「いや、ちょっと……。これってなんとなく……」

鳥羽はそこまで言って、口ごもった。口のなかでなにかぶつぶつとなえ、考えこんでいるみたいだ。

「暗号の内容はともかく、これを書いてた人は、伝言板が荒ぶってるわけを知ってるかもしれないわね。むかしからずっと伝言板のところに行ってるんだから」

佑布さんが言った。

「そう。わたしもそう思った」

鳥羽が我に返って答えた。

「でも、だれなのかしら」

「それをつきとめるためにも、こいつを解読しないと」

鳥羽がシャープペンシルをくるっとまわす。

「でも、どうすれば……？」

わたしは首をひねった。

「知ってるかな？　暗号には大きく分けて、ふたつの種類があるんだよ」

鳥羽がにやっと笑って言った。

「ふたつ？」

「うん。ひとつは『コード』。伝えようとする文や、そのなかの単語を、最初に決めておいたほかの言葉や記号に置きかえる。たとえば、そうだな、古川《ふるかわ》先生を『メガネ』とか……」

「なるほど」

「でも、この方法だと、かぎられた内容しかやりとりできない」

「そうだね」

「もうひとつが『サイファ』。文のなかのひとつひとつの文字を、一定の法則にしたがって別の文字に置き換えるの。よくあるでしょ、文章のなかに無意味な『た』を入れて、『たぬき』ってヒントを出すとか、『あ』を『い』、『う』を『え』みたいに、五十音でひとつずつうしろにずらすとか」

「ああ、そういうの、本で読んだことある」

「でも……これにはヒントがないじゃない？」

佑布さんが言った。

「あたりまえだよ。『たぬき』みたいなのを『鍵』って言うんだけど……。鍵が書いてあったら、みんなに読まれちゃうでしょ。暗号の目的は、ほかの人にわからないようにすることなんだから、鍵は書かない。暗号を受けとる側の人だけが、鍵を知ってるんだよ」

「でも、そしたら、鍵を知らないわたしたちには読めないってことよね」

「それがそんなことはないいんだな。鍵がない状態で暗号を解く。それこそが暗号解読なんだよ」

鳥羽が得意そうな顔になる。

「そういえば、『シャーロック・ホームズ』のなかにも、そんな話があったような……」

わたしは、この前読んだ本を思いだした。

「ああ、『踊る人形』ね。暗号解読の基本だよ」

鳥羽がうなずく。

棒人間みたいな絵で書かれた暗号が出てくるお話だ。いろんなポーズの棒人間が並んでいて、そのポーズがアルファベットをあらわしているのだ。

ときどき旗を持っている棒人間がいて、それが単語の切れ目をあらわす。それによってひとつひとつの単語の文字数がわかる。そして、英語でもっともよく使われるアルファベットはe。だから、いちばん多いポーズをeと仮定して、短い単語からいろいろ試しながら暗号を解いていく。

「これはたぶん日本語だから、『踊る人形』と同じ方法では解けないけど……」

鳥羽がカタカナをさして言った。またなにか考えているみたいだ。

「この文にも、途中に切れ目があるわよね。ここが単語の切れ目ってことかしら」

佑布さんが言った。

「たぶんそうだね。でも……」

鳥羽はノートにいろいろ書きこんだりしながら、しきりと指を折っている。えらく真剣な顔つきだ。

「うーん、これだけじゃわからないな、やっぱり」

しばらくして、鳥羽がシャープペンシルを放りだした。

「じれったいですわね」

　フクサの声がした。

「解読するより、伝言板を見張って、書いてる人を見つけた方が早いんじゃありませんこと？　書くのは早朝って限定できてるわけですし」

「まあ、たしかにねえ……」

　鳥羽が腕組みした。

「じゃあ、決まりですわね。早朝から学校に行く時間まで、現場に張りこみ、ってことで……」

　フクサが当然という顔で言った。

「えええーっ。早朝って、何時から？」

　ぎょっとして叫んだ。

「そば屋のおじさんは六時には来てるって言ってたよね」

「ってことは、六時より前？　そんなに朝早く？」

　佑布さんが目を丸くした。

「待てよ。伝言板は、終電が出ると消されるんだよね。でも、坂木駅の建物はシャッターがあるわけじゃないし、伝言板には近づける。ってことは、早朝じゃなくて、深夜かもしれない。前の日の書きこみが消されたあと、朝までのあいだに書かれているのかも」

「そうですわね……。ということは、泊まりこみ……？」

ぶるぶるっと首を横に振る。

「なに言ってるの。小学生が泊まりこみなんて、ダメに決まってるでしょ」

佑布さんが驚いたように言った。

「でも、いまのところ、これしか手がかりはないんですのよ」

「そうねえ……。じゃあ、とりあえず、明日の朝早く見にいってみたら？」

「それで、もう書かれてたら？」

「そしたら、泊まりこみしかないかもしれないけど……」

佑布さんがぶつぶつ言う。

結局、とりあえず、早朝に張りこみをすることになった。始発が坂木駅を出るのは、朝五時だから、それより早い朝四時半に駅に集合。

嘘でしょ、と思った。

6　張りこみ

目覚ましの音で目がさめた。

朝、三時半。暗い。はっきり言って、まだ夜だ。眠い。

台所に行くと、お母さんがいた。きのうの夜、張りこみの話をしたので、つき合って起きてくれたらしい。あたたかいお茶をいれてくれた。

「うう……眠い……」

椅子にすわると、また眠ってしまいそうになる。

「そりゃ、そうよね」

深夜に帰ってきたお父さんを起こさないように、お母さんは小声で言った。きのうの残りのごはんで、小さなおにぎりも作ってくれていた。

「駅まで車で送ってあげるよ」

おにぎりを出しながらお母さんが言った。

「大丈夫だよ。それに、お父さんになんて言うの？」

「車で行けばすぐだもの。お父さん、寝てるし、ばれないわよ」

「でも……」

「いいから。まだ暗いし、危ないから」

お母さんにそう言われて、結局送ってもらうことになった。

そのまま学校に行くことになるかもしれない、と思って、ランドセルを背負った。ランドセルは、今日はボクも行けるんだ、と目をきらきらさせている。

今日で終わればいいけど……。

あくびをかみころしながら、車に乗った。


駅に着くと、もう鳥羽《とば》は来ていた。駅ビルの入り口前の柱のかげに隠れて、伝言板を見張っている。

「見習い、遅いですわよ」

フクサのきんきん声が聞こえる。

「すいませんねえ」

見習い呼ばわりにちょっとむっとしながら、ぼそっと答えた。

「でも、間に合ったよ。まだ暗号は書かれてない」

鳥羽が伝言板をさして言った。

よかった。ほっと息をつく。これで、泊まりこみはしなくてすみそうだ。

といっても、これから学校に行く八時までのあいだに、いたずら書きの犯人、ほんとに来るのかな。今日だけお休み、なんてことがあったら……つらすぎる。

それに、いったい何時に来るんだろう。早く来てくれればいいけど……。

おなかもすいてきた。お母さんがせっかく作ってくれたおにぎりだったのに、あまりにも眠くて、ひとつしか食べられなかった。こんなことなら、持ってくればよかった……。

「タマじいは？」

「まだ……寝てる」

答えながら、ため息をつく。

「寝とらんぞ」

怒ったような声が聞こえてきた。

「年寄りは朝が早いんじゃ。おい、七子《ななこ》、早く出せ。きゅうくつじゃ」

わたしはあわてて、タマじいの入った袋をランドセルから取りだした。

「で、なんでこんな朝早くから、ここに来たんじゃ？」

出すなり、タマじいが言った。

「なにおっしゃってますの？　張りこみですわ。例の『もの忘れ事件』の。忘れてしまったんですの？」

フクサがぷりぷり怒ったように言った。

「張りこみ……そうじゃったかの。で、どんな事件なんじゃっけ？」

「まったくもう、これだからタマじいは……。この駅を利用した人たちが、その日の約束を忘れてしまう……。あっ、まさか、タマじいも『もの忘れ』……？」

フクサが、ぎょっとしたような顔になる。

「バカにするでない。だいたい、ものだまがものだまの影響を受けるわけがなかろう。そんなことは覚えておるよ」

タマじいがえらそうに言った。だが、ちょっとごまかしているようなしゃべり方だ。よく考えてみると、あのときはタマじい、寝てた気がする。

「で、荒ぶってるのは、改札の横の伝言板で……。タマじいがそう言ったんじゃないですか。男の勘だとかなんとか……。で、そこに、毎日書かれている変な暗号を調べるために……」

「変な暗号?」

タマじいがぼうっと目を細める。

「そうですわ。意味のわからない、カタカナのいたずら書き。それをだれが書いているのか調べるために、こうして朝早くから……」

「それなら、いま、だれかがなんか書いていったぞ」

フクサの言葉をさえぎって、タマじいが言った。

「え?」

鳥羽もわたしも、あわてて伝言板の方を見た。

「うわ」

鳥羽が叫び声をあげた。

例の暗号文が、すでに書かれている。

「書いてある……」

わたしも泣きそうになった。こんなに朝早く出てきたのに。わたしたちが来たときには、まだなにも書いてなかったのに。タマじいに気をとられていたほんの数十秒のあいだに、書かれてしまったなんて……。

しかも、あたりに人影はない。

「なんですの、見てたんなら、言ってくれれば……」

フクサがタマじいにつっかかる。

「言おうと思ったんじゃよ。じゃが、おまえがえらそうにぺちゃくちゃしゃべってお
るから……」

タマじいが言うと、フクサが、ぎりぎりっと歯ぎしりした。

「そのあいだに、ちっこいのが来て、ちゃちゃっと書いてったぞ」

「ちっこいの、って？　じゃあ、子どもなの？」

鳥羽が言った。

「ボクも見たよ」

ランドセルが言った。

「七子たちと同じくらいか、もうちょっと下……小学生だと思う。男の子だったよ」

「男の子？」

「小学生？」

鳥羽と顔を見合わせる。

「で、駅のあっちに向かって歩いていきよった」

タマじいが言うが早いか、鳥羽がかけだした。駅を出て、北口商店街に入る。

ずっと前の方に、男の子のうしろ姿が見えた。あれにちがいない。こんな時間に外を出歩いている子どもなんて、まずいない。

「あの子？」

鳥羽がタマじいに訊いた。

「あ、ああ……そのような……そうじゃないような……」

タマじいが、目を細め、ぼんやりした声で答える。

「はっきりしてよ」

「うーん、もう少し近づかないことには……」

そう言われ、相手に気づかれないようにつけていく。

「うん、たしかにあの坊主じゃ」

タマじいが言った。

「そうだね。まちがいない。あの青っぽい上着。まちがいないよ」

ランドセルも言った。

「あれ、増田《ますだ》……透《とおる》……？」

鳥羽がつぶやくのが聞こえた。

「え？」

「あの子、一組の増田透くんだ」

鳥羽がわたしの方を見て言った。

「ええっ？」

一組の子……？　まだ自分のクラスの子の名前も完全に覚えていないのだ。ほかのクラスの子なんて、顔もわからない。

「まちがいない、増田くんだよ。四年のとき同じクラスだったんだ」

鳥羽が言った。

「でも、なんで……？　タマじい、ほんとにあの子だったの？」

「そう言っとるじゃろうが。老人だからといって、あなどるでないぞ」

タマじいがぷりぷり怒って言った。

「疑ってるわけじゃ、ないんだけど……でも……」

鳥羽が首をひねる。

「なんで？　増田くんがいたずら書きなんかするわけない、ってこと？」

わたしは訊いた。

「ちがうよ。増田くんがどうとか言う前に、おかしいでしょ？　そば屋のおじさん、伝言板の暗号に最初に気づいたの、いつって言ってた？」

「十七、八年くらい前、って……」

あっと思った。

「十七、八年前じゃ、わたしたち、生まれてない……?」

わたしは言った。

「そういうこと」

鳥羽がうなずく。

「でも、絶対あの子だよ。ボクもこの目で見たんだから」

ランドセルの声がした。

「じゃあ、そば屋のおじさんが見ていた暗号と、今回のは別もの、ってことでしょうか」

フクサが言った。

「そうともかぎらんじゃろ。むかしからこの暗号を使っている一味がいるのかもしれん。増田という坊主もその一員で……」

「一味、って……。悪の秘密結社じゃないんだから……」

わたしはため息をついた。

「暗号なんじゃから、悪に決まっておるじゃろう? もしかしたら……」

タマじいがわくわくしたような声を出す。

「なにか……犯罪がらみかもしれんのう」

なぜそこでわくわくするんだ！

つっこみたくなるけど、相手をするのが面倒なので、無視することにした。

「犯罪なの？」

ランドセルがひそひそ声で言った。

「でも、書いてるの、子どもだよ？」

「よくある話じゃ。あめ玉かなにかを握らせて、お使いを頼む。悪人が使う手じゃよ」

小学五年生があめ玉くらいで働くとも思えないけど……。

「とりあえず、学校で増田くんを探ってみよう」

鳥羽が言った。いったん解散して、家に帰ることになった。

時計を見ると、五時ちょっとすぎだ。せっかくランドセルを背負ってきたけど、結局、また家にもどった。

お母さんもお父さんもまだ寝ている。起こすのも悪い気がして、わたしはそっと二階にあがった。

がたがたいう音で目がさめた。えーと、わたし……。

がばっととび起きる。

まずい、家に帰ってきて、寝てしまったんだ。いま、何時？　時計を見る。

「八時？」

あわててリビングに降りると、洗濯物を運んでいたお母さんが、きゃあっ、と悲鳴をあげた。

「七子、いたの？」

お母さんは、わたしが帰ってきたことに全然気づかなかったらしい。

「玄関に靴、あったでしょ？」

「そう……だったっけ？　お父さんが出るとき玄関に行ったんだけど、ばたばたしてたし……」

たしかに、靴なんていちいち見ないか。

「で、どうだったの？　なにかわかった？」

「うん。着いてすぐに暗号書いてた人がわかって……」

「ほんとに？」

増田くんのうしろ姿が頭にうかぶ。でも……。

ほんとに増田くんなんだろうか。だとしたら、十七年前のいたずら書きは……？

「話は聞きたいけど、七子、もう八時すぎてるよ」

「そうだった！　どうしよう、遅刻しちゃう……。まだ、なにも支度してない……」

「なに言ってるの、服はもう、ちゃんと着てるじゃない」

お母さんに言われ、はっと気づいた。学校に行けるように支度をして出て、そのまま寝ちゃったんだっけ。

ダッシュで顔を洗って、髪を直し、部屋にもどってランドセルを背負った。

「これだけでも食べていきなさいよ」

お母さんが、もう一度おにぎりを出してくれた。玄関でぱくっとつまみ、もうひとつを手に持って外に出た。

「おはよう。遅かったね」

遅刻ぎりぎりで教室にかけこむと、鳥羽がやってきた。

「あれから寝ちゃって……」

ぼそっと言った。

ランドセルをあけ、中身を出す。

「あれ？　タマじいがいない……」

ランドセルの底をのぞいたが、入ってない。

「家に忘れてきちゃったんだ」

思いだした。朝、家に帰ったとき、タマじいがちゃんと座布団で寝たいと言うから、机の上に出したんだ。そのまま置いてきてしまったらしい。

「ま、いいんじゃない？　いつも学校には連れてきてなかったんだし」

鳥羽がははは、と笑った。

お母さんの話では、タマじいは昼間はいつも、ひなたぼっこしながら昼寝したり、テレビを見たりしているそうだ。お母さんはあんまりテレビが好きじゃないから、うるさくてかなわない、とぼやいていたけど……。

「でも、増田くんのこともあるし、今日はわしも学校に行く、って張りきってたから……置いてかれたってわかったら、あとで文句言われそう」

ベルが鳴る。あわてて机のなかに教科書を入れた。

7　律《りつ》とルーク

鳥羽《とば》とふたり、休み時間に増田《ますだ》くんを見張ることになった。一組の教室に行き、ドアのかげから様子をうかがう。

中休みになると、増田くんはひとりで屋上にあがっていった。なにをするというわけでもなく、壁に寄りかかって、居眠りしている。昼休みも同じだった。

例のいたずら書きと関係のありそうな行動はしていないけど、いつもひとりでいるというのが、なんだかあやしい。

次の日も同じ。中休みも昼も……。そして、一日の授業が終わって一組の教室にかけつけると、増田くんがランドセルを背負って教室を出るところだった。

増田くんを追って、わたしたちも門の方に急いだ。

「おい、桜井《さくらい》」

鳥羽といっしょに門を出ようとしたとき、うしろから男の子の声がした。

うわ、あの子だ。

どきんとした。

このあいだ門のところでぶつかった、かっこいい男子だ。またしても、ぼうっと見とれてしまった。

「なんだ、律《りつ》か」

鳥羽が面倒くさそうに言って目をそらす。

「おまえ、なんか……きのうから増田のこと、つけまわしてないか？」

律くんが鳥羽の前に立つ。

な、なんで？　なんでわかったの？

「そ、そんなこと、してないよ。人聞きの悪いこと、言わないでよね」

鳥羽はすぐにそう答え、ぷいっと横を向いた。

「嘘つけ。休み時間になるとうちのクラスに来て、教室から出ていく増田を追いかけてってたじゃないか」

「言いがかりつけるのはやめてよね。わたしたち、いま急いでるんだから」

鳥羽がちらっと門の外を見る。

増田くんの姿は見えなくなっていた。

「急ぐって、なんでだよ」

「別に。早く帰らなきゃいけない、ってだけだよ」

「いま出ていった増田を追いかけるんじゃないのか」

律くんが決めつけてくる。

「だから、ちがうって」

「じゃあ、なんでだよ？　なんか用事でもあるのか？」

「こっちの勝手でしょ？　なんであんたに言わなくちゃならないのよ。行こうよ、七《なな》子《こ》。わたしたち、用事があるんだから、邪魔しないで」

鳥羽がケンカ腰で言う。

「きみ、転校生だよね？」

そのとき、律くんがわたしの方を見て言った。

「え、ええ……はい……」

緊張して、思わずうつむく。

「なんでいっしょにいるのか知らないけど、こいつにはあんまり振りまわされない方がいいよ。なにせ、『超変人』だから」

律くんは、『超』というところに力を入れて言った。変人……なのは、もうよくわかってるんですけど……。

「友だちに、テキトーなこと、言わないでよね。それに、この子も……聞こえるのよ」

鳥羽が言った。

「聞こえるって、まさか……」

律くんがわたしをじろっと見る。

「そっち系のつながりね……なるほど、それでか。なら、ますますだ。巻きこまれない方がいいと思うよ」

律くんが皮肉っぽい口調で言った。

聞こえる……。そっち系……？

ってことは……まさか、この人も、ものだまの声が……？

「なによ、えらそうに」

鳥羽が律くんをにらむ。

「律、行きましょう」

そのとき、どこからか声がした。低くてクールな男の人の声だ。

「ルーク」

フクサの声がする。

律くんがポケットに手を入れ、なかからなにかを出した。

チェスの駒みたいだ。

「七子、チェス、わかる？」

鳥羽が小声で訊いてきた。首を小さく横に振る。

「キング、クイーン、ビショップ、ナイト、ルーク、ポーン。ルークは、城の形の駒のことですわ」

フクサが言った。

ルーク。城の形のチェスの駒。あれにも、ものだまが……？

「あなたも……聞こえるの？」

わたしは律くんに訊いた。が、律くんはなにも答えない。うなずきもしない。鋭い目つきでわたしをにらんだ。わたしはちょっとこわくなって、鳥羽を見た。鳥羽も律くんをにらみつけている。

なに？　なんなの？　この険悪な雰囲気は……。

「どうせまた、ものだまがらみだろ？　増田になにかあったのか？」

鳥羽はなにも答えず、律くんを見つめている。

「まあ、いいよ。別に興味ないし。行こう、ルーク」

律くんはチェスの駒をポケットに入れ、去っていった。


「あいっかわらず、いやなヤツですわね」

フクサが言った。まあ、鳥羽の話し方にも問題あったと思うけど……たしかに、律くんって、思ってたより性格悪そう……ちょっとがっかりした。

「ったく、なんなのよ。あいつのせいで、増田くんのこと、見失っちゃったじゃないの」

鳥羽がちっ、と舌打ちした。

「あのチェスの駒……」

「ルークがどうかした？」

鳥羽が言った。

「あ、ううん。あんなふうに、駒を持ち歩いてていいのかな、って」

「どういう意味？」

「だって、駒が足りなくなったら、ゲームできなくなっちゃうじゃない？ ふつうはトランプでもオセロでも、ゲームの部品を一個ずつ持ち歩いたりしないでしょ？」

「うん。でも、ルークは……」

鳥羽はそこで少し黙った。

「……ルークは、仲間がいないんだよ。古いチェスの駒でね、もともとは盤もほかの駒もあったんだけど、なくなっちゃったんだって。いまはあれひとつしかない、ってむかし聞いたよ」

鳥羽は言った。

きれいな駒だった。細工がすごく細かくて、よく見かけるチェスの駒とはちがう。飾り物みたいだった。

だけど、盤やほかの駒は、なんでなくなっちゃったんだろう?

「まったく……。律もルークもお高くとまっちゃって。ちょっと成績がいいからって……」

わたしの考えとは関係なく、鳥羽はそう言って、ふん、と鼻を鳴らした。

「あの……鳥羽って、律くんと、どうして仲悪いの?」

わたしが訊くと、鳥羽は、はっと息をのんだ。

「保育園からいっしょだったからね、小さいころは、よく遊んだんだけどさ」

もごもごと口ごもる。

「律も、ものだまの声が聞こえるし。前はものだまの話もしたんだけど」

鳥羽はぼうっと空を見あげた。

「四年生になったころからかな。律、だんだんその話、したがらなくなって……。『いっしょにものだま探偵やろう』って誘ったら、『ものだまなんかとかかわりあっても、なんの得にもならない、時間のムダだ』って。それでケンカになっちゃったんだよね」

「そうだったんだ」

「そのあとは、あんまり口もきかなくなって。わたしがものだま探偵の仕事をしてると、必ず文句をつけてくる、ってわけ」

「でも、ルークは持ち歩いてるんでしょ?」

「ルークはいいらしいよ。でも、それ以外のものだまとはかかわらない方針で生きてるんだってさ。損とか得とか、子どものうちからそんなことばっか言って……せこいやつだよね、まったく」

鳥羽が足もとの石を蹴った。

「ルークも……むかしはあんなじゃなかったんですけどね」

フクサが、ちょっとさびしそうに言った。

家に帰ると、タマじいがリビングの机の上にいた。ふんわりした座布団みたいなものに載っている。箱のなかに敷いてあったのとはちがう、つやつやした高級そうな素材でできた、見たことのない座布団だ。

「ようやく帰ったか」

タマじいは不機嫌そうにわたしを見た。

「なんだか、置いてきぼりになったの、うらんでるみたいよ」

ミシンを片づけながら、お母さんが笑った。

「この小さな座布団、どうしたの？」

わたしは訊いた。

「作らされたのよ。暇だ、どっか連れてけ、って。こんなことになったのも、そもそも、おまえの娘がわしを忘れていったからじゃ、とかなんとか言って」

お母さんがはあっとため息をつく。

「で、にぎやかなところに行きたい、あたらしい駅ビルがいい、って言うから、連れていったのよ。あっちこっちでバッグから出して外を見せて……。そしたらインテリアショップで、自分もこういうふかふかのクッションがほしいって言いだしたの。それで、手芸用品店まで行って、材料買って。……タマじいのご希望でシルクなのよ」

「お肌のためには、シルクがいちばんなんじゃよ」

タマじいが言った。

「お肌って……」

タマじいを見る。タマじいは石じゃないか。どこに肌があるっていうんだ？

「なにしろ、『玉の肌』じゃからのう」

玉の肌……。あれは、玉っていっても、女の人のなめらかできれいな肌のことだって、どこかで読んだような……。

「ついでに、これも作ったから」

お母さんが、座布団と同じ素材でできた袋をさしだした。ポケットくらいの大きさで、全体にふんわりしている。

「なに、これ？」

「タマじいの移動用の入れ物」

綿が入っているから、ふんわりしていて、表面はつるつるすべすべの肌ざわり。えらく上等な入れ物だ。

「ほんとは中綿もダウンにしろ、とか言われたんだけど……」

お母さんが、またしてもため息をついた。

「おまえのポシェットは、がさがさして居心地が悪い。これから出かけるときは、つねにこの袋に入れて、わしを持ち運ぶんじゃ」

タマじいはまたしても、えらそうに言った。

「これ、わたしが持つの？」

思わず袋を見る。

「あたりまえじゃ」

「やだよ、こんな金持ちマダムみたいなの」

妙につやつやしてるし、こんなの持ってる小学生なんて見たことない。

「大丈夫。このままじゃ目立つから、ちゃんと外側も作ったわよ」

お母さんが水玉模様のポシェットをさしだす。

「わあ、かわいい」

白地に水色の水玉模様の布と、無地のピンクの布がパッチワークになっている。さすがお母さん、わたしの好みをよくわかってる。

「このシルクの袋がぴったりおさまるように作ってあるわ」

「この袋はわし専用じゃからの。菓子だの、濡れたハンカチだのは、いっしょに入れないように」

つくづくえらそうな石だ。

「はいはい。わかりましたよ」

しかたなく答える。

「『はい』は一回。まったく最近の若い者は……。年寄りにはもっとていねいな言葉づかいをしてもらいたいもんじゃ」

タマじいがぶつぶつ文句を言う。

「そうそう、そういえば、七子」

冷蔵庫から麦茶を出し、休もうとしたとたん、またしてもタマじいが話しかけてきた。

「実はな、今日、百子《ももこ》といっしょに駅に行ったとき、思いだしたんじゃよ。伝言板のものだまの話をだれから聞いたのかをな」

「え？　だれなの？」

「ふむ。駅にいる『道しるべの石』という古いものだまじゃ」

「そんなものだまがいたんだ。でも、じゃあ、なんでこの前、鳥羽はそのものだまに聞きこみしなかったんだろ？」

「あやつらは知らんのじゃろ。『道しるべの石』は、わしと百子が見つけたものだまなんじゃ。むかし、百子の猫が駅で迷子になったときにな。じゃから、佑布《ゆう》もフクサも知らん。あの娘っ子も知らんのじゃろ」

百子、つまりわたしのお母さんがこの町に住んでいたのは、小学五年生からの一年間。そのときに佑布さんと出会い、ものだまのことを知った。

タマじいは、お母さんが小さいころひいおばあちゃんからもらったもので、坂木町《さかきまち》に来て急にしゃべりだしたのだそうだ。

その後、おじいちゃんの仕事の関係で、お母さんは坂木町から引っ越していった。坂木町を離れるとタマじいもしゃべらなくなり、最近坂木町にやってきたら、またしゃべるようになった……というわけだ。

「そんなことがあったんだ」

お母さんの顔を見る。

「うん。さっき駅に行くまですっかり忘れてたんだけどね」

お母さんがうなずいて言った。

「そのとき、百子は猫を追って急に走りだしてな、わしを落っことしていきよった。それで『道しるべの石』とふたりきりになって、同じ石同士、意気投合していろいろと話を聞いたんじゃよ」

タマじいはそう言って、ひと息ついた。

「『道しるべの石』は、坂木駅ができるずっと前から村はずれにあって、道しるべにされていた石なんじゃ。出かけるときにあいさつすれば無事に帰ってこられる、という言い伝えがあったらしくてな。村を出る人は必ずそやつに声をかけていた。そこに駅ができたときも、『道しるべの石』を取りのぞくのに反対した村人が多かったようで、そのまま残されることになったんじゃ」

そんな石があったとは……。

「じゃが、駅が大きくなるにつれ、コインロッカーの奥の目立たない場所になってしまってな。人々もしだいに忘れていった。わしも百子がそんな場所に入りこまなければ、気がつかなかったじゃろ」

「それで……？　その石、伝言板と知り合いなの？」

「いや、直接話したことはないらしい。むかし、ものだまの声を聞く人間から教えてもらったと言っておった。じゃが、北口の建物ができる前、坂木駅がまだ木造だったころは、『道しるべの石』のところから伝言板が見えたらしくて、いつか話してみたいと思っていたそうじゃ」

しいぞ」

「それより七子、『道しるべの石』が言うには、あの伝言板、近々取りはずされるら

「そうだったんだ」

「取りはずされる？　どういうこと？」

「伝言板のあるあたりを改装して、コンビニとかいうものを作るらしいんじゃ。下見に来た業者の連中が話しているのを小耳にはさんだらしい。あそこの壁をこわして、コンビニを作る、伝言板はもう使われていないから、取りはずす、と」

「伝言板がなくなったら、ものだまはどうなるの？」

「ものがなくなれば、ものだまもいなくなる」

「じゃあ、みんなのもの忘れは？」

「ものだまの念がなくなるわけじゃから、それも自然とおさまるじゃろうな」

「そうなんだ……」

だとしたら、もうこれ以上捜査しなくてもいいってこと？

でも……。なんとなく、納得がいかない。

「怪異現象って、おかしくなったものだまが起こすんだよね？　もしかして、伝言板は自分が取りはずされることに気づいて、おかしくなったの？」

「まあ、その可能性もないわけじゃないが……」

「じゃあ、古くなって捨てられそうになったものだまは、みんな危険ってこと？」

「いや、それはない」

タマじいが、いつになく神妙な口ぶりで言った。

「人や動物もいつかは死ぬ。じゃが、死んだ人間がすべて幽霊になるわけじゃあない」

「幽霊になるのは、うらみがある場合って言うよね？」

「ものだまも同じじゃ。ほとんどのものだまは、消えるときに人をうらんだりはしない。自分の役割をまっとうした、と思えば、やすらかに消えていく。もし消える前に怪異を起こすとしても、それはなにか、特別な思いがある場合じゃな」

タマじいが、少し黙った。

「特別な思い……？」

「それがなにかはよくわからんがな」

タマじいが言った。

8　増田《ますだ》くん

次の日の帰りも一組の教室に行った。ちょうど増田くんが教室を出るところで、うまい具合に、律《りつ》くんは教室のなかでだれかと話している。そうっと増田くんのあとをつけた。

増田くんは、今日もまっすぐ校門に向かった。鳥羽《とば》とわたしも早足であとをつけた。

だが……。門を出ると、もう増田くんの姿は見えなかった。

「あれ？」

鳥羽が首をひねる。ふたりであっちを見たり、こっちを見たりしたが、いない。

「どこ行っちゃったんだ？」

鳥羽がぼやいた。

「あら、桐生《きりゅう》さん。桜井《さくらい》さんも」

そのとき、うしろから声がした。見ると、古川《ふるかわ》先生だった。

「古川先生」

「先生、どうしたんですか?」

鳥羽が訊いた。

「一組の増田くんに用があって、追いかけてきたのよ」

えっ? 増田くん? どきんとして、鳥羽の顔を見た。

「増田くんなら、いま門を出ていきましたけど……」

鳥羽が答えた。

「間に合わなかったか……残念」

「どうかしたんですか?」

「ちょっとね。鉄道クラブのプリントを渡そうと思って……」

古川先生が言った。そういえば、先生は鉄道クラブの顧問なのだ。

「増田くん、鉄道クラブなんだよ。一年のときから鉄道好きで有名で……」

鳥羽がわたしに言った。

「へえ。そうだったんだ」

わたしはうなずいた。

「プリントって、なんなんですか?」

鳥羽は、そう訊きながら、古川先生の手もとを見た。

「それですか？　見てもいいですか？」

先生の手に、ホチキスでとめたプリントがあった。

「え、ええ……いいけど……」

先生がさしだしたとたん、鳥羽はプリントを手に取り、広げた。

「『新入部員かんげい遠足』？」

鳥羽がつぶやく。

「そう。毎年恒例の企画なのよ」

横からプリントをのぞきこむ。鳥羽がページをめくると、東京近郊の路線図が出てきた。

「どこまで行くんですか？」

わたしは訊いた。

「目的地は……ないわね」

「え？　でも、遠足って……？」

わたしが訊くと、古川先生は、にやっと笑った。

「だから、そこに書いてあるでしょ、『電車大まわり』って。電車には乗る。でも、目的地はなくて、電車に乗ること自体が目的っていうのかな」

古川先生が言った。さすが鉄道クラブだ。

「ＪＲ東日本ではね、休日に『休日おでかけパス』っていうお得な切符があるの。フリーエリア内の普通車だったら全線一日乗り放題、って切符。それを使って、一日電車に乗りまくる、ってわけ」

区域内なら何度でも乗り降り自由、特急券を買えばＪＲ東日本内の新幹線や特急列車にも乗れるという便利な切符らしい。

「でも、どうしよう。明日は絶対増田くんにいてほしいんだけどなあ」

古川先生が言った。

「どうしてですか？」

プリントから顔をあげ、鳥羽が訊いた。

「明日、遠足のルートを決めるのよ。おもしろいルートを作って、新入部員の興味をひかなきゃならない。だから、増田くんにいてほしいの」

そう言って、困ったような顔になった。

「今日はこれから会議があるし……。まいったな、こんなことなら一組の先生に頼んどけばよかった」

古川先生がため息をつく。

「どうして増田くんがいないとダメなんですか？」

わたしは訊いた。

「鉄道クラブのなかでも、増田くんはダントツに路線図にくわしいのよ」

古川先生が言う。

「そうなんですか？」

「うん。実はわたしも大学時代からの鉄道ファンなんだけど……」

古川先生がはずかしそうな顔になった。

「古川先生はなかなかのマニアだって、鉄道クラブの男子が言ってましたよ」

「でも、路線図に関しては、わたしも増田くんにはかなわないなあって、何度も思ったから。さすがおじいさんゆずり、っていうか」

古川先生が笑った。

「おじいさんゆずり？」

鳥羽が訊いた。

「増田くんのおじいさんって、坂木駅《さかきえき》の駅長さんだったのよ」

「駅長さん……？　坂木駅の……？」

鳥羽の目が光った。

「うん。もう十五年くらい前に亡くなったらしいけど……」

「十五年前……」

鳥羽がつぶやくように言って、宙を見た。なにか考えている顔だ。

「実は、増田くんのおじいさんもこの学校の出身で、小学生のころから鉄道博士って呼ばれてたらしいの。それで、大人になって、国鉄に就職したんですって」

「コクテツ?」

わたしは首をかしげた。

「JRだよ、むかしは国鉄って言ってたの。日本国有鉄道の略」

鳥羽が言った。

「増田くんのおじいさん、むかし学校に講演に来たことがあったらしくてね。自分が小学生のときの話をしたんですって。『鉄道旅行日本一周計画』を立ててたとか。その話に感動した鉄道好きの先生と生徒たちが、この学校に鉄道クラブを作ったんだって」

坂木町小学校は去年創立百周年をむかえた、このあたりでいちばん古い小学校だ。鳥羽のところも、お父さんもお母さんも、おじいちゃんもおばあちゃんも、坂木町小学校出身らしい。前に行っていた学校は、そんなに古くなかったから、その話を聞いたときはちょっとびっくりした。

「その『鉄道旅行日本一周計画』ってどんな計画だったんですか？」

鳥羽が訊いた。

「計画のノートは、あとで鉄道クラブに寄贈されたの。資料といっしょに箱のなかに入ってるわ」

「それ、見てみたいです！」

鳥羽が食いつくように言った。

「え？　どうして」

「わたし、坂木町の古いものに興味があって、いろいろ調べてるんです」

鳥羽が目をかがやかせて言った。

「そうなの？　桜井さんがそういうことに関心があるなんて、知らなかったわ」

古いもの……？　調べてる……？

まあ、ものだま、いや、ものだまが宿ってるものも、古い「もの」と言えなくもない。「調べて」もいる。嘘は……ついてない……たぶん。古川先生が考えてるのと、ちょっとちがう気もするが……。

「むかしのことや、むかしの人について知るのって、勉強になるわよね。増田くんもおじいさんのことをとっても尊敬してたみたいだし。将来はおじいさんみたいにＪＲに勤めたい、って言ってたっけ……」

「そうだ、先生。このプリント、わたしたちが届けてもいいですよ」

とつぜん、鳥羽が言った。

「ほんと？　それは助かるけど……。増田くんち、どこか知ってるの？」

「坂木町図書館の近くですよね。前に図書館に行ったとき増田くんと会って、聞いた覚えが……」

「じゃあ、お願いするわ。ありがとう」

古川先生がにこっと笑った。

「かわりに……ってわけじゃないんですけど……増田くんのおじいさんの資料、どうしても見たいんです」

「え、ええ、それはかまわないけど……」

「ほんとですか？　じゃあ、明日、鉄道クラブに見学に行ってもいいですか？」

「あ、明日……？」

鳥羽の勢いに押され、古川先生がちょっとうしろに引く。

「ダメですか？」

「あ、ううん、そういうわけじゃないんだけど……あの箱、たしか資料室に入れて……。すぐ見つかるかな」

古川先生が首をかしげた。

「でも、いいわ、わかった。クラブの子たちにも見せたいし。今日の会議のあと、捜しとくわ」

「ありがとうございます」

鳥羽がそう言うと、古川先生は手を振って校舎にもどっていった。


「さて、と……」

鳥羽が大きく息をつく。

「じゃあ、増田くんちに行ってみようか。いったん家にランドセル置いて、もう一度ここで待ち合わせってことで」

鳥羽の目がきらきらしている。

「なにかわかったの？」

「いや……別に、まだはっきりしたことは……でも……」

そう言って、じっとプリントを見た。

「鉄道クラブ？　古川先生、増田くんのおじいさんが駅長さんだったって言ってたよね。もしかしたら、それも暗号に関係あるのかな？」

わたしは言った。

「関係は大ありでしょ」

「え、どういうふうに？」

「どういうふうにかはわからないけど、探偵の直感がそう言ってる。じゃ、あとでね」

鳥羽はにっと笑うと、とびはねるみたいに走っていった。


図書館は、駅や商店街とは反対の方向らしい。

鳥羽とふたり、細い道をくねくね、急な坂をのぼったりおりたり。こっちの方にはまだあまり来たことがなかったから、めずらしくてあたりをきょろきょろ見まわしてしまった。

崖みたいなところに家が立ち並んでいて、うちのあたりとは、ずいぶん雰囲気がちがう。高い塀の上を、猫がすいすいと歩いていくのが見えた。

角を曲がったところで、バス通りに出た。お弁当屋さんや魚屋さん、薬局なんかが並んだ小さな商店街を抜けると、また坂道になった。

「あれ？」

鳥羽の声がした。

「あれ、増田くんじゃ……？」

「え？　どこどこ？」

鳥羽が指さした方を見ると、遠いけど、たしかに増田くんだった。反対側の歩道を向こうから歩いてきている。うつむいていて、わたしたちには気づいていないみたいだ。

増田くんはそのまま横のロータリーに入っていった。木が茂っていて、ロータリーの奥には大きな建物がある。

「あそこ、なに？」

鳥羽の顔を見る。

「病院だよ。坂木町総合病院。このあたりではいちばん大きな病院」

「病院？　じゃあ、増田くん、どっか悪いのかな？」

「うーん、たぶん、ちがう。あそこ、午後は外来やってないから」

「外来？」

「町の小さな病院とちがって、あそこは入院できる大病院なの。外来の人は午前中だけ。午後、病院に行く人っていうのは……」

「お見舞い？」

「そういうこと」

鳥羽は増田くんのうしろ姿を目で追っている。

「あ、入っちゃうよ」

増田くんが入り口の前でとまった。受付でなにか書いている。

「お見舞い先の名前と病室を書かないと、なかに入れないんだよね」

「だれのお見舞いなんだろう？」

「わからない。さすがに病院にずかずか入りこむわけにもいかないし……」

鳥羽が、ふう、とため息をつく。ちょっと安心した。鳥羽のことだから、しのびこもう、とか言いだすんじゃないかと、びくびくしていたのだ。

「でも、ともかく、増田くんの身近な人が入院してるのは、たしかだね」

「だれだろ？」

わたしは訊いた。

「だれかはわからないけど、かなり親しい人だよね。お父さんやお母さんに連れられて、っていうんならわかるけど、小学生がひとりでお見舞いに来てるんだよ。慣れてる感じだったし、何度も来てるんだと思う」

「暗号と関係あるのかな？」

「そこまではわからないよ。けど、この方向でまちがいない。探偵の勘がそう言ってる」

　鳥羽はちらっと病院の入り口を見てから、向きを変えて歩きだした。

「とりあえず、行こう」

「行くって？」

「忘れたの？　増田くんちだよ。プリント、届ける約束したでしょ？」

「でも……増田くんは病院にいるわけで……」

　わたしはとまどった。

「お見舞いなら、なかなか出てこないよ。ここでぼうっと待っててもしょうがない。まずは増田くんちに行ってみよう。お母さんからお見舞いのこと、聞けるかもしれない」

　言い終わらないうちに、鳥羽はもう早足で歩きはじめていた。

「あれ？　桜井」

図書館の近くを歩いていたとき、うしろから男の子の声がした。

「あ、青木《あおき》くん」

ふりかえった鳥羽が言った。あみの袋にサッカーボールを入れた男の子が立っていた。同じクラスの青木健吾《けんご》くんだ。

「桐生《きりゅう》さんもいっしょか。図書館？」

青木くんがサッカーボールを蹴りながら言った。

「ううん。古川先生に頼まれて、増田くんちにプリント届けに行くの」

「増田って、一組の？」

「うん。そうだ、青木くんって、鉄道クラブだったよね？」

「そうだよ」

「増田くんとも仲よかったっけ」

「うん。保育園からいっしょだからね」

青木くんが、当然、という顔で言った。

「鉄道クラブも、もともと増田に誘われて入ったようなもんだから。で、なに？　プリントって？」

「鉄道クラブの」

「だったらおれが持っててってやるよ」

「ううん、いいの。ちょっと増田くんちに行ってみたいから」

「そうなの？　でも増田はいないよ。さっき、外歩いてるのを見た」

「お母さんは？」

「いないと思うよ。働いてっから」

「じゃあ、お留守？」

「いや、たぶんおばあちゃんはいると思う。増田んち、おばあちゃんもいっしょに住んでるんだよ」

　青木くんは、サッカーボールをぽんぽん蹴りながら歩きだした。

「プリントって、『新入部員かんげい遠足』のだろ？」

「うん。古川先生、明日のクラブ、増田くんに絶対来てほしい、って」

「うーん……どうだろ？　あいつ、なんか最近変なんだよ。この前もクラブ休んだし、学校で会っても、いつもぼうっとしてるし」

　やっぱりそうなんだ。どうやら増田くんの様子は、青木くんから見てもいつもとちがうらしい。

「ねえ、さっき、増田くんと保育園のときからいっしょだった、って言ってたよね？鉄道クラブに入ったのも、増田くんに誘われたからだ、って」

鳥羽が訊いた。

「そうだよ。増田んち、お父さんもお母さんもいつも帰りが遅くて、おばあちゃんとふたりきりのことが多いんだ。おれも、お母さんの帰りが遅いときは、よく増田んちであずかってもらってたんだよね」

青木くんがボールを蹴りながら言う。

「増田のおばあちゃん、やさしいし、おもしろいんだよ。それに、鉄道のこと、よく知ってるんだ。増田のおじいちゃんが駅長さんだったって、知ってる？」

「さっき古川先生に聞いた。増田くんが鉄道にくわしいのは、おじいさんゆずりだ、って」

「まあ、そうなんだけど、おじいちゃんは増田が生まれる前に死んじゃってるから、厳密に言うと、おばあちゃんの影響なんだよ、増田が鉄道好きになったのは。小さいころはよくおばあちゃんに連れられて、電車見にいってたんだってさ」

「おばあちゃんの影響……？」

鳥羽がつぶやいた。

「あ、ほら、ここだよ。増田んち」

青木くんが目の前の家を指さした。

表札に「増田《ますだ》秋夫《あきお》・多香子《たかこ》・透《とおる》・俊子《としこ》」と書かれている。「秋夫」がお父さんで、「多香子」はお母さん、「俊子」がおばあさんだろうか。

インターフォンを押したが、だれも出てこない。

「めずらしいな。おばあちゃんはたいていいるのに。買い物にでも行ってるのかな？」

青木くんが首をひねった。

「あのさ、青木くん、最近、増田くんちに行った？」

鳥羽が訊いた。

「いや。四年生ぐらいから、あんまり行ってない。塾もあるし。そういや、増田のおばあちゃんともずいぶん会ってないなあ。お父さんとお母さんはよく見かけるけど。今日の朝もすれちがったし」

ということは、入院してるのはお父さんとお母さんじゃないってことだ。

「留守みたいだし、プリントは郵便受けに入れとけば？」

青木くんが言った。

「そうだね。そうするよ」

鳥羽はプリントを郵便受けに入れた。

「じゃあ、おれ、行くよ、公園で約束してっから」

青木くんが走りだした。

「増田くんのお父さんお母さんは元気で、会社に通ってる。そして、いつもいるおばあさんが留守……」

青木くんの姿が見えなくなってから、鳥羽が言った。

「ってことは、入院してるのは、おばあさん？」

「まだ決まったわけじゃないけど……その可能性が高いかな」

鳥羽が腕組みした。


五時をすぎても増田くんは帰ってこなかった。わたしたちはあきらめて、家に帰った。

夜は、お母さんとふたりだった。食事のあと、タマじいをお風呂に入れた。あたらしい洗面器にお湯を張る。これもタマじいのために、お母さんがわざわざ買ってきたものだ。

「明日は鉄道クラブか……。鳥羽、関係大あり、って言ってたけど……」

タマじいをお湯につけながら、ひとりごとのように言った。

「そりゃ、伝言板があるのは駅じゃからの。駅と鉄道は関係あるじゃろ」

お湯のなかから声がした。それくらいはわたしでもわかる。でも……。

「けど、おじいさんは増田くんが生まれる前に死んじゃってるみたいだし」

「しかし、坂木駅の駅長だったわけじゃし、伝言板と接点があってもおかしくないじゃろ」

お湯のなかで気持ちよさそうに目を細めながら、タマじいが言った。

「そば屋のおじさんは、はじめて暗号に気づいたのは十七年くらい前って言ってた。それからずっと暗号は書かれてる。けど、おじいさんは十五年前に亡くなってるから、そのあとの暗号は書けるわけがない。増田くんも、まだ生まれてないわけで……」

なんだか、ますますわからなくなってきた。鳥羽はこの方向でまちがいないって言ってたけど……。

「ねえ、タマじいはどう思う？」

「さあのう……。そういうのは、あの娘っ子の仕事じゃろ？」

タマじいは、極楽極楽、とつぶやいて、目を閉じた。

「ただな、ひとつ気になることはある」

とつぜんタマじいが目をあけて言った。

「なに？」

「あの暗号、書いてるのがあの坊主だとしても、読んでいるのはだれなんじゃ？」

はっとした。暗号は、だれかになにかを伝えるものだ。書いているのが増田くんだとして、ほかにもうひとり、あの暗号を見にくる人がいるはず……。

「そやつもあの暗号が読めるということじゃよな。そして、同じ暗号が何度も書かれているということは……」

「その相手が来てないってこと？」

「そう……かもしれんし、そうじゃないかもしれん」

「なに、それ」

力が抜けた。

タマじいは、自分は関係ない、というふうに鼻歌を歌いだした。

9　鉄道クラブ

「あれ、桜井《さくらい》と桐生《きりゅう》さん」

放課後、鉄道クラブの教室に着くと、先に来ていた青木《あおき》くんがかけよってきた。

「なにしにきたの？」

「見学」

「え、鉄道に興味あるの？」

青木くんがちょっとうれしそうにこっちを見る。そのとき、古川《ふるかわ》先生がやってきた。

大きな箱をかかえている。

「あ、桐生さん、桜井さん。よかった。これがきのう約束した……」

そう言いながら、箱をどん、と机の上に置く。

「なんですか、それ？」

そばに寄ってきた子が訊いた。

「これはね、むかし増田くんの家からいただいた資料なの」

「増田んちから？」

青木くんが箱をのぞきこむ。

「そういえば、増田くん本人は……？」

鳥羽《とば》が言った。

「帰っちゃったって。急いで一組の教室に行ったんだけどさ、もういなかった」

青木くんが首をすくめた。

「しかたがないわね。今日は来てほしかったんだけど……」

古川先生がため息をつく。

「先生、資料……ってなんなんですか？」

集まってきた子たちが言った。

「あっ、ごめんごめん」

古川先生は両手で箱のふたをあけ、なかから古いノートを取りだした。

「じゃーーん！　これが、増田くんのおじいさんが小学生のころに作った『鉄道旅行日本一周計画』」

「『鉄道旅行日本一周計画』？」

青木くんが口をあんぐりあけた。古川先生が取りだしたノートの表紙には、手書きでたしかにそう書かれている。

「増田くんのおじいさんが駅長さんだったことは、みんな、知ってるわよね」

古川先生の言葉に、みんながうなずいた。

「増田くんのおじいさんはね、六年生のとき、お友だちといっしょに、すべての都道府県を通って日本一周する、って計画を立てたの。それが、これ」

ノートの紙は黄ばんで、よれよれだった。

「すべての都道府県？　ってことは、まず新幹線で……」

青木くんが腕組みした。

「ぶっぶー！」

古川先生が言った。

「あのね、青木くん。増田くんのおじいさんがこの計画を立てたのは、昭和三十年。つまり……」

「まだ新幹線は通ってない」

鳥羽がつぶやく。

「新幹線が……ない……？」

青木くんが目を白黒させた。新幹線がない？　そうなんだ。鳥羽ってもの知りだなあ。少し驚いて、鳥羽の方を見た。

「しかも、この計画では、特急も急行も使わない。普通列車と、連絡船だけですべての都道府県を通るっていう計画なのよ」

「連絡船？」

ほかの子も首をかしげる。

「むかしは北海道や四国に渡るには、連絡船っていう船を使ってたの」

古川先生がそう言って、ノートを広げた。

「八月一日に東京駅を出発。東海道線に乗って西へ向かう。瀬戸内海側から四国、九州をまわって、日本海側を通って東にもどり、今度は北へ。北海道に渡って、本州にもどり、南下する。ふたたび東京駅に到着するのは、八月三十一日」

「すげえ。毎日毎日、どっから乗って、どこで乗りついで、って、時刻まで全部書いてあるじゃん。うっわー、細けー」

青木くんが、声をあげた。

「ちゃんと全部、時刻表で調べて作ってあるの。すごいわよね」

古川先生が言った。

「これね、増田くんのおじいさんが亡くなったあと、おばあさんが鉄道クラブに持ってきてくださったんですって。おじいさんとおばあさんはふたりともこの学校の出身で、おばあさんもこの計画書を作ったメンバーのひとりだったそうよ。むかしのことが書いてあるから、鉄道クラブの人たちの勉強になるかも、って」

朝、どの駅の何時何分の電車に乗り、どこで乗り継ぎ、どこまで行く、ということがすべて表になっている。

みんなでがやがや言いながら一ページずつノートをめくっていった。

「あれ、でも……さすがに沖縄はないんだ」

途中まで来たところで、青木くんが言った。

「沖縄に鉄道はないわよ」

古川先生が言った。

「そもそも返還されてないですよね」

鳥羽が言った。

「ほんとだ。その通りよ」

古川先生が言った。

「返還って、なんだよ？」

青木くんが鳥羽に言った。

「知らないの？　沖縄って、むかしはアメリカだったんだよ」

六年の女子が言った。

「え？」

「第二次世界大戦のあと、アメリカの領土になって、一九七二年に返還されたんだよ。沖縄旅行に行ったとき、お父さんが言ってた」

「そうだったんだ……」

青木くんがぽかんとした。

「ところで、この計画、ほんとに実行したんですか？」

男子の部員が言った。

「まさか」

古川先生が首を横に振った。

「もちろん、行ってないって。このころは大人だって、北海道や九州に行く人なんて、そうそういなかったんだから」

「そうなんですか？」

「そうよ。だって、東京から九州に行くのに、急行を使っても二日かかった時代よ」

「ええっ、二日？」

「ほら、見て。これが昭和三十年の時刻表」

古川先生がそう言って、箱から古い冊子を出した。

「当時は、九州まで行くのに、『阿蘇《あそ》』『きりしま』『雲仙《うんぜん》』『筑紫《つくし》』っていう急行列車があったの。急行『筑紫《つくし》』で、東京から鹿児島まで約三十二時間。夜行になる部分もあって、車内で二泊していたのよ」

「そんなにかかってたんですか」

みんな顔を見合わせた。

「昭和三十一年に博多行きの特急『あさかぜ』が誕生したの。これで東京から鹿児島まで二十四時間で行けるようになった。三十三年には特急『はやぶさ』ができて、直通で二十三時間になって……。同じ年に、大阪行きの特急『こだま』もできて……」

「『こだま』って新幹線じゃないんですか？」

「ええ。特急『こだま』。新幹線ができたのは、昭和三十九年よ。東京から新大阪まではね。昭和三十年代は、電車がどんどん早くなった時代だったのね」

古川先生が言った。

「時刻表もだけど、載ってる写真とか、広告もおもしろいわね。宿とか、駅弁とか……」

古川先生がくすくす笑いながら、ページをめくった。

「お金だってかかるし、いまとはなにもかもちがうのよ。だから、計画だけ。でも、だからこそすごいと思わない？　できることを計画したんじゃない、できないことを計画したの。純粋な、夢の計画。しかも、お手本もなにもなしに」

古川先生が言うと、みんなしーんとした。

「なんか、かっこいいな」

しばらくして、青木くんが、ぼうっとノートを見ながら言った。

「おれもやってみたい」

「そういえば、うちのお父さんも、大学生のころ、普通列車だけで九州まで行く計画を立てた、って言ってたっけ」

みんな口々に言った。

そのときだった。

「あの、古川先生、これ、なんですか？」

それまで黙っていた鳥羽の声がした。

「鉄道旅行日本一周計画」のページの何か所かを指さす。そこには、「トウ」とか

「ハマ」とか、意味のわからないカタカナが書かれていた。

「これは電略《でんりゃく》ですね」

めがねをかけた男子が言った。

「電略？」

青木くんが首をかしげる。

「正しくは電報略号。むかしは電話がなかったでしょ？　だから、鉄道関係の施設同士の連絡には専用の電報が使われてたの。電報ってわかるかな？」

古川先生がそう言うと、みんなは顔を見合わせ、うなずいた。

「ええと、映画で見たことが……」

「結婚式や卒業式の祝電とか……」

「そうそう。いまはちがうけど、むかしの電報はカタカナしか送れなかった。しかも、『が』や『ぱ』みたいな濁音、半濁音、小さい『つ』や『や・ゆ・よ』も記せない。だから、長い文章になると読みにくくて、読みちがえで事故が起こる可能性もあった。これを解決するために作られたのが、電報略号なの」

古川先生が言った。

「鉄道関係でよく使われる言葉を、カタカナ一文字から三文字にしたものよ。使われていたのは昭和四十年代前半までだけど、いまでも習慣として残ってるものもあるわね。運転士のことを『ウテシ』、運転休みのことを『ウヤ』とかね」

「車掌さんは『レチ』ですよね？」

さっきのめがねの男子が言った。

「なんで車掌が『レチ』なの？」

青木くんが訊いた。

「車掌は、ほんとは『列車長』なんだ。それの略なんだって」

「なるほど、そうなんだ」

「で、駅名にも電略、つまり電報略号があったの。カタカナ二文字で駅名を表すのね。たとえば、東京が『トウ』、横浜《よこはま》が『ハマ』、みたいに」

古川先生がそう言ったとき、鳥羽の目がきらっと光った。

「『ツト』っていうのは……ありますか？」

鳥羽が訊く。

「『ツト』……？　どうだったかな。覚えてないけど……」

「『ツト』は辻堂《つじどう》じゃないですか？」

古川先生が考えていると、横からめがねの男子が言った。

「じゃあ、『フナ』とか『フシ』とか『マナ』っていうのは？」

鳥羽がさらに訊いた。

「どれも、いくつかあるなあ。『フナ』は大船《おおふな》、船越《ふなこし》、船町《ふなまち》……。『フシ』も富士《ふじ》、群《ぐん》
馬藤岡《まふじおか》、ほかにもいくつか。どの線かわからないと、断定はできないよ」

男子が目をくるくる動かしながら言う。

「それって……どっかに一覧表みたいなもの、ありますか？」

鳥羽が真剣な表情で訊く。

「あるよ。前にネットで調べて、プリントアウトしたやつが。でも何線の？」

「全部です」

鳥羽が勢いこんで言った。

「全部？」

「調べたい電略があるんですけど、何線のなのかわからないんで。でも、たぶん、ひ
とつの線の駅だとは思うんですけど……」

「どんなのがあるの？」

「フナ、フシ、トウ、マナ、フエ、マカ、タツ、ネフ、モノ、ヒラ、アタ……」

鳥羽が携帯の画面を見ながら言った。

男子はメモを取りながら、じっと考えている。

「それなら……東海道線かも」

しばらくして言った。

「東海道線？」

鳥羽が声をあげる。

「いや、全部確かめたわけじゃないから、はっきり言えないけど……でも、少なくとも東海道線なら、いまあげた駅、全部あるよ」

「ほんとですか？」

「うん」

男子がランドセルをあけ、ファイルを取りだす。

「ここに全部まとめてあるんだ。路線ごとにね」

「それ、貸してもらえませんか？」

「え？　別にかまわないけど……」

鳥羽の勢いに、目をぱちくりさせ、ファイルをさしだす。

「写したら、すぐに返しますんで」

ファイルを受けとると、鳥羽は小走りに古川先生のところにもどった。

「すいません、古川先生、ちょっと用事があって……今日はこれで失礼します」

「え？　ええ？」

古川先生がびっくりしたように言った。

「七子もいっしょで……すいません」

鳥羽がぐいぐい手を引っぱるので、おじぎをして教室の外に出た。

借りたファイルを手に持ち、鳥羽はずんずん廊下を歩いていく。

さっきのやりとりから、暗号に電報略号が関係しているというのは、なんとなくわかった。でも、いったいどういうことなんだろう？　あの暗号は、駅を伝えるためのものだったの？

「ねえ、鳥羽」

「なに？」

「暗号の解き方、わかったの？」

わたしが訊くと、鳥羽が立ちどまった。

「まあ、だいたい、ね」

そう言って、にやっと笑った。

「だいたい？」

「かんじんなところがまだ……。でも、原理はわかった、と思う」

「電報略号が関係してるんでしょ？」

「そう」

　鳥羽はにっこり笑ってわたしを見た。

「あの暗号は電報略号でできてる。駅名のね」

「そこまでは、なんとなくわかるけど……。でも、なんで？　なんのために駅を伝えようとしたの？」

「ちがう。伝えようとしたのは駅名じゃない」

「え？」

「うん。最初から順番に話すね。実はさ、この暗号をはじめに見たときから引っかかってたことがふたつあるんだ。まずひとつ目」

　わたしはごくんとつばをのんだ。

「ひとつひとつの単語が長すぎる」

「長すぎる？」

「見て」

　鳥羽はそう言って、暗号が書かれた紙を取りだした。

「この暗号の空きの部分が単語の区切りだとすると、どの文を見ても、ひとつの単語が六字以上ある」

鳥羽が文をさす。

「六字なんて、そんなに長くないと思うかもしれない。けど、日本語のふつうの文を考えてみて。たとえば、『明日、学校に行く』。『明日』とか『行く』とか、二字か三字の単語もけっこう使うはず。なのに、そういうものがまったくない」

「たしかに……」

鳥羽の言う通りだ。

「そして、ふたつ目。どの単語も、字の数が偶数」

「え、ほんと？」

数えてみると、たしかにどれも偶数だ。

そういえばあのとき……。〈笹の便り〉で佑布《ゆう》さんといっしょに暗号を見ていたとき、鳥羽は文字をたどりながら、しきりと指を折っていた。あれは、文字の数を数えていたのか。

「なぜ長いのか。そしてなぜ偶数なのか」

鳥羽がじっとこっちを見る。

「でさ、さっき電報略号を見たとき、ぴんと来たんだよ。駅名の電略は、すべて二字でできてる。この暗号では、その電略ひとつが、ひとつの文字に対応してるんじゃないか、って」

略号ひとつが、ひとつの文字に……？

「そして、この略号はね。駅そのものや、駅の場所を示してるんじゃない。大事なのは、順番なんだよ」

鳥羽の目が光った。

「ある路線のなかで、駅が並んでいる順番。始発駅からはじまって、どういう順番で駅が並んでいるか。それが、五十音の順番に対応してるとしたら……？」

駅の順番……番号……五十音の順番……。あっ。思わず息をのむ。

「わかった！　いちばんはじめの駅が『あ』、二番目が『い』っていうふうになってるってこと？」

「正解。でも、それだけじゃ暗号は解けない」

鳥羽がにっこりほほえんだ。

「そうか、何線かわからないと、順番は決められない……」

——少なくとも東海道線なら、いまあげた駅、全部あるよ。

さっきのめがねの男子の言葉が頭のなかによみがえった。

「東海道線？」

鳥羽の顔を見て、言った。

「たぶんね。まずは暗号に使われている電略がすべて東海道線の駅にあるか、このファイルで確かめてみよう」

うん、とうなずいて、五年二組の教室に向かった。

10　解読

教室にはだれもいなかった。机の上にファイルを広げる。

ファイルに入っていた書類は、路線ごとに順番に電報略号を並べたものだった。

伝言板に書かれていた暗号、そば屋のおじさんから教えてもらった暗号をすべて二字ずつに区切る。その二字と同じ電略があるか、東海道線の電略の一覧とくらべた。

ひとつ、またひとつと当てはまるものが見つかって、なんだか胸がどきどきしてきた。

「全部、ある」

鳥羽はそう言って、大きく息をついた。

「じゃあ、当たり？」

やった、と叫びたくなるのをおさえて、おそるおそる訊いた。

「うーん、おそらく。暗号の電略がすべて入ってる路線がこれだけとは言いきれないけど……。でも、東海道線は日本で最初の鉄道だしね。選ばれてもおかしくない。とりあえず、これでやってみよう」

五十音表を書いて、そこに東海道線の電略を書きこみ、対応表を作っていく。

あ　トウ（東京）
い　シン（新橋）
う　シナ（品川）
え　カワ（川崎）
お　ハマ（横浜）

ヤ行まで来て、いったん手がとまった。

「ヤ行は……『や、い、ゆ、え、よ』かな。それとも『や、ゆ、よ』だけかな？」

表をながめている鳥羽に訊く。

「うーん……『い』や『え』を入れても『あいうえお』の『い』や『え』と同じになるから、つめていいと思うけど……」

相談しながら作業を続ける。

「できた」

五十音の最後「ん」までの対応表が完成した。金谷《かなや》、つまり「カヤ」が「ん」になる。

「じゃあ、あとは暗号文に出てくる電略を五十音に置きかえればいいんだね。ええと『フナ』は大船で七番目、つまり『き』と……」

あ トウ東京《とうきょう》	い シン新橋《しんばし》	う シナ品川《しながわ》	え カワ川崎《かわさき》	お ハマ横浜《よこはま》
か トツ戸塚《とつか》	き フナ大船《おおふな》	く フワ藤沢《ふじさわ》	け ツト辻堂《つじどう》	こ チサ茅ケ崎《ちがさき》
さ ヒラ平塚《ひらつか》	し オイ大磯《おおいそ》	す ニノ二宮《にのみや》	せ コツ国府津《こうづ》	そ モノ鴨宮《かものみや》
た オタ小田原《おだわら》	ち ヤワ早川《はやかわ》	つ ネフ根府川《ねぶかわ》	て マナ真鶴《まなづる》	と ユハ湯河原《ゆがわら》
な アタ熱海《あたみ》	に カミ函南《かんなみ》	ぬ ミシ三島《みしま》	ね ヌマ沼津《ぬまづ》	の カハ片浜《かたはま》
は ハラ原《はら》	ひ ヒタ東田子の浦《ひがしたごのうら》	ふ ヨシ吉原《よしわら》	へ フシ富士《ふじ》	ほ フカ富士川《ふじかわ》
ま シカ新蒲原《しんかんばら》	み カラ蒲原《かんばら》	む ユイ由比《ゆひ》	め オキ興津《おきつ》	も シミ清水《しみず》
や クサ草薙《くさなぎ》		ゆ ヒシ東静岡《ひがししずおか》		よ シツ静岡《しずおか》
ら アヘ安倍川《あべかわ》	り ムネ用宗《もちむね》	る ヤツ焼津《やいづ》	れ ニヤ西焼津《にしやいづ》	ろ フエ藤枝《ふじえだ》
わ ロコ六合《ろくごう》	を シマ島田《しまだ》	ん カヤ金谷《かなや》		

フナ／フシ／トウ／マナ／フエ
き、へ、あ、て、ろ

六文字目まで来て、手がとまった。

「『きへあてろ』？　どういう意味？」

鳥羽も首をひねった。濁点をつけてみても、言葉にならない。

「それに……次の『マカ』も『タツ』も、いま作った五十音との対応表のなかにないんだけど」

わたしは言った。

「えっ？　嘘？　だってさっき、東海道線の電略と暗号文を照らし合わせたときは全部あったじゃない？」

鳥羽が驚いたように言った。

もう一度確認する。

「おかしいな。この表にはないんだけど……」

「どういうこと？」

　鳥羽は首をひねった。

「後半は全部あるんだけどね。えーと、『つ・そ・さ・な』……」

「『つそさな』？　なに、それ……。ぜんぜんわかんないよ。そば屋のおじさんにもらった文によく出てきた『トウットフナ』も、この表でいくと、『あけき』か……。なんだかわからない」

　鳥羽は頭をかかえ、大きくため息をついた。

「『マカ』と『タツ』って、どこだったっけ……。あ、ここだ……。『マカ』は舞阪《まいさか》、『タツ』は高塚《たかつか》。『ん』の金谷《かなや》より先の……浜松《はままつ》のとなりと、そのとなりの駅」

　わたしは表をさした。

「ほんとだ。でも、なんで？」

　鳥羽は表をじっと見た。

「五十音だけじゃないってことかな。ガ行とかザ行とかも入ってるんじゃ……」

「いや、ちがう……。そんなふうにしても、『きへあてろ』や『つそさな』は読めるようにならないよ。なんでだろう？　もしかして、東海道線じゃなかったってこと？　それとも、駅の順番を五十音順に当てはめるっていう考え自体がまちがってるのか……」

鳥羽が天井を見あげる。シャープペンを何度もくるくるまわしながら、なにかじっと考えこんでいる。

わたしは、五十音の順をいろは順に変えて試してみたけど、やっぱり意味のある文にならない。

鳥羽がシャープペンをかちかちさせる音が響いて、時間ばかりすぎていった。

「そういえばさ」

ふと、きのうのタマじいの話を思いだして、わたしは言った。

「タマじいがきのう言ってたんだ……。暗号を書いてるのが増田くんとして、読んでるのはだれか、って」

「え？」

鳥羽が顔をあげる。

「暗号を書くからには読む人がいるはずだって。同じ文が何回も書かれているのは、その人が読んでないからなんじゃないか、って」

「書く人……読む人……」

鳥羽がぼうっとした顔になり、突然、がたんと音を立てて立ちあがった。

「どうしたの？」

びくんとして、わたしは訊いた。

「もう一度、鉄道クラブに行く」

「え？」

「そうか、そうだよ。書く人に、読む人。なんでこんな簡単なことに気づかなかったんだろう」

鳥羽がぶつぶつひとりごとのように言った。

「なに？　どういうこと？　解き方、まちがってたの？」

なにもわからず、わたしは訊いた。

「いや、合ってる。とちゅうまではね。でも、見落としてたことがある」

鳥羽がにやっと笑った。

「見落としてたことって？」

「鉄道クラブに行けばわかるよ」

鳥羽は確信に満ちた顔で言った。

「すいませーん」

鉄道クラブにもどり、そうっとドアをあける。

鉄道クラブの人たちは、大きな路線図をかこんで輪になっていた。電車大まわり計画の真っ最中らしい。話し合いに夢中で、だれもふりかえらない。

「で、そこからどうすんの？」

青木くんの声がした。

「ええと、武蔵野線《むさしのせん》に乗るんだよ。で、吉川美南駅《よしかわみなみえき》で降りて写真撮って……」

「なんだよ、その吉川美南駅って。そんな駅あったか？」

青木くんが訊く。

「なに言ってるの。二〇一二年にできたんだよ。この前も話したでしょ」

「あ、ああ、そんなの、あったっけ……」

青木くんが頭をかくと、ほかの子が笑った。

「そうか、新駅……。新駅だよ、わかった？」

鳥羽がわたしに言った。わたしは首を横に振った。

なにがなんだかさっぱりわからない。鉄道クラブの遠足で行く新駅と、この暗号になんの関係が……？

わたしの質問には答えず、鳥羽は鉄道クラブの輪から少し離れたところにすわっている古川先生のところに行った。先生は、さっきの増田くんのおじいさんの箱の中身を出して見ている。

「古川先生」

鳥羽が声をかけると、先生が目をあげた。

「あら、桜井《さくらい》さん。用事があったんじゃなかったの？」

「え、ええ……そっちはだいたい片づいたんです」

鳥羽はにっこり笑って言った。

「それで、さっきの増田くんのおじいさんの資料が気になって、どうしてももう一度見たくて……」

「ああ、『鉄道旅行日本一周計画』？」

「はい。あと、さっきの古い時刻表……」

「そうか。むかしのことに興味があるって言ってたもんね」

古川先生が時刻表をさしだした。

「ええと、東海道線は……」

鳥羽がページをめくる。

「東海道本線なら、はじめの方にあると思うわよ」

古川先生が横からページをめくり、東海道本線のページを開いた。

「東京、新橋、品川、横浜……。あれ、川崎は……?」

わたしは訊いた。川崎には、いとこが住んでいる。何度か東海道線で行ったけど、たしか品川と横浜のあいだだったはずだ。

「ああ、川崎はなかったかもね」

古川先生が言った。

「え? 川崎ってあんなに大きいし……むかしからあるんじゃ……?」

わたしはびっくりして訊いた。

「もちろん、川崎駅自体はあったわよ。でも、たしか京浜線《けいひんせん》や南武線《なんぶせん》はとまるけど、東海道本線の電車は通過してた時期があったはず……」

「そうなんですか?」

「このころだと、戸塚《とつか》も停車しないんじゃないかしら……ほら、やっぱり」

時刻表を指さして、古川先生が言った。

たしかに、時刻表の駅名の欄に、川崎や戸塚の文字がない。品川の次は横浜、横浜の次が大船になっている。

あっ、と思った。

もし暗号の五十音の表がむかしの時刻表をもとに作られているとしたら……?

「古川先生」

そのとき、ほかの子が呼ぶ声がして、先生は立ちあがってそちらへ行った。

鳥羽に言われて、ふたりで大急ぎで時刻表の駅を書き写し、教室を出た。

「わかったよ、さっきなんで暗号が解けなかったのか」

早足で歩く鳥羽に言った。

「暗号はむかしの東海道線の駅で作られている。いまの電略一覧を使うとずれてしまう。でも、あの時刻表でいいのかな？　暗号ができたのは十七、八年前だよね？　あの時刻表は、もっとむかしのものなんじゃ……」

「いい？　ポイントはふたつある。ひとつは、暗号は複数の人が共有するものだってこと。書く人と読む人がいる」

「うん。増田くんのほかにもうひとり、暗号を知ってる人がいる」

「七子も、もう見当がついてるよね？　増田くんに暗号を教えたのがだれなのか」

鳥羽がじっとわたしの顔を見る。

「増田くんと近い存在で、鉄道にくわしくて、十七、八年前からいままで暗号を書くことができた人……」

　鳥羽のヒントにはっとした。

「もしかして、おばあさん？　じゃ、増田くんのおばあさんが暗号を作ったの？」

「半分正解。けど、半分はちがう。暗号にはもうひとつのポイントがある。いま暗号を書いている人が暗号を作った人とはかぎらない」

「え？」

「暗号は少なくとも、十七、八年前からあった。でもね、それは暗号がそのときに『できた』ってことじゃない。できたのはもっと前でもいいんだよ。わたしはね、この暗号、それよりもっと前からあったんだと思う」

「どうして？」

　わたしが訊くと、鳥羽がにやっと笑った。

「よく考えてみなよ。さっき言ったでしょ？　暗号はだれかとやりとりするもの。増田くんのおばあさんは、いったいだれと暗号のやりとりをしていたか」

「あっ」

　思わず声をあげた。

「おじいさん？　増田くんのおじいさんなの？」

「そう。暗号を作ったのは、増田くんのおじいさん。それにこの暗号、大人が考えるようなものじゃないと思うんだ。作ったのはたぶん……『鉄道旅行日本一周計画』を立てた小学六年生のころ……。これは勘だけどね」

「だからあの時刻表だったんだ……。あれ、でも……だとすると、おじいさんが亡くなったあとも、おばあさんは暗号を書き続けてたってことになるよね。おばあさんはだれとやりとりしてたの？」

わたしは訊いた。

「ねえねえ」

ランドセルの声がした。

「もしかして、実はおばあさんが悪い人で、駅の伝言板を使って、仲間と秘密の内容をこっそり伝え合ってたんじゃないの？　ほんとに、犯罪かも……」

声がぶるぶるふるえている。でも、なんだかわくわくしているような感じだ。タマじいやそば屋のおじさんに影響されたのか……。

「ははは。残念ながら、たぶんちがうね」

鳥羽が笑った。

「じゃあ、だれなの？」

「まあ、まずは推理が正しいかどうか、試してみよう」

急いで教室にもどり、メモを広げた。昭和三十年の時刻表をもとに対応表を作り直し、暗号文にあてはめる。

あ　トウ　東京《とうきょう》	い　シン　新橋《しんばし》	う　シナ　品川《しながわ》	え　ハマ　横浜《よこはま》	お　フナ　大船《おおふな》
か　フワ　藤沢《ふじさわ》	き　ツト　辻堂《つじどう》	く　チサ　茅ケ崎《ちがさき》	け　ヒラ　平塚《ひらつか》	こ　オイ　大磯《おおいそ》
さ　ニノ　二宮《にのみや》	し　コツ　国府津《こうづ》	す　モノ　鴨宮《かものみや》	せ　オタ　小田原《おだわら》	そ　ヤワ　早川《はやかわ》
た　ネフ　根府川《ねぶかわ》	ち　マナ　真鶴《まなづる》	つ　ユハ　湯河原《ゆがわら》	て　アタ　熱海《あたみ》	と　カミ　函南《かんなみ》
な　ミシ　三島《みしま》	に　ヌマ　沼津《ぬまづ》	ぬ　ハラ　原《はら》	ね　ヒタ　東田子の浦《ひがしたごのうら》	の　スス　鈴川《すずかわ》
は　フシ　富士《ふじ》	ひ　フチ　岩渕《いわぶち》	ふ　カラ　蒲原《かんばら》	へ　ユイ　由比《ゆい》	ほ　オキ　興津《おきつ》
ま　シミ　清水《しみず》	み　クサ　草薙《くさなぎ》	む　シツ　静岡《しずおか》	め　ムネ　用宗《もちむね》	も　ヤツ　焼津《やいづ》
や　フエ　藤枝《ふじえだ》		ゆ　シマ　島田《しまだ》		よ　カヤ　金谷《かなや》
ら　ホノ　堀ノ内《ほりのうち》	り　カケ　掛川《かけがわ》	る　ロイ　袋井《ふくろい》	れ　ワタ　磐田《いわた》	ろ　テワ　天竜川《てんりゅうがわ》
わ　ハツ　浜松《はままつ》	を　タツ　高塚《たかつか》	ん　マカ　舞阪《まいさか》		

フナ／フシ／トウ／マナ／フエ／マカ／タツ　ネフ／モノ／ヒラ／アタ

お・は・あ・ち・や・ん・を　た・す・け・て

「『おばあちゃんを、助けて』?」

思わず声をあげた。読めた。正解だ。暗号の解き方は合ってたんだ。

そして、助けてっていうことは、つまり……。

「入院してるのは、おばあちゃん?」

「そういうことだね。これが、増田くんが書き続けていた伝言の内容。『助けて』って言うくらいだから、病気が重いのかも」

鳥羽が大きく息をした。

「そして……そば屋のおじさんからもらった文のなかに何度も出てきた『トウットフナ』。前の対応表だと『あけき』だったけど、いまのだと、どうなる?」

鳥羽がわたしを見た。

「『トウットフナ』? ええと……『あ・き・お』……『あきお』?」

表を見ながら、わたしは思わず声をあげた。「あきお」って、人の名前?

「そうだよ。『あきお』。覚えてないかな? わたしたち、最近、ある場所で『あきお』って名前、見たんだけど……」

鳥羽がにやっと笑う。

「え？　どこで？」

たしかに、どっかで見たような……。でも、思いだせない。

「わからない？　増田くんのお父さんの名前だよ」

「え？」

増田くんのお父さんの名前？　いったい、いつそんなの……。

「きのう、表札で見たの、覚えてない？」

あっ、と声をあげそうになった。

「『増田《ますだ》秋夫《あきお》・多香子《たかこ》・透《とおる》・俊子《としこ》』って」

たしかに……そうだった気がする。

「暗号文に、なぜ『あきお』という言葉がたくさん出てくるのか……」

「そうか……おじいさんとおばあさんにとっては、増田くんのお父さんは子どもなんだ」

「おじいさんが亡くなったあと、おばあさんがだれに向けて暗号を書いていたか。それは……こっちの暗号を読めば、わかると思う」

鳥羽がそば屋のおじさんに教えてもらった暗号文を指さす。

手分けして暗号を解きはじめた。

トウツトフナ　トウコツネフ　ヒラユハオイマカコツツト
カラネフカケアタ　シマユハチサカケ　フシミシコツシミコツネフ
あきお　あした　けつこんしき　ふたりて　ゆつくり　はなしました
秋夫、明日、結婚式。ふたりでゆっくり話しました。

トウツトフナ　ツトカヤコツツト　フナハツカケシミコツネフ
コツトウハツオタヤワシナ　クサオタネフフワユハネフ
あきお　きよしき　おわりました　しあわせそう　みせたかつた
秋夫、挙式終わりました。しあわせそう。見せたかった。

「これ、秋夫さん……つまり増田くんのお父さんが結婚したときの……」
わたしがつぶやくと、鳥羽がうなずいた。
「ほら、よくお墓参りで、亡くなった人にいまのできごとを報告したりするじゃない？　あれと同じじゃないかな。おじいさんは駅長さんだった。いつも坂木駅《さかきえき》にいた。だから、おじいさんに伝えたいことは、駅の伝言板に書こう、って」

「おじいさんが生きていたころから、その暗号を使っていたのかもしれませんわね。おじいさんが仕事で帰れない日もあったでしょうし、家から駅に電話するわけにもいかない。そういうとき、おばあさんは伝えたいことを暗号にして、伝言板に書いていた」

フクサが言った。

「でも、なんでわざわざ暗号で書くの？」

ランドセルが訊く。

「はずかしかったからじゃないかの」

突然、タマじいの声がした。

「むかしの男は、そういうものだったんじゃよ。もしふつうに書いたら、中身が部下に読まれてしまう。家のこととか、子どものこととか、そういうのを見せたくない。わしもわかるぞ、その気持ち」

わかる、って……タマじい、家族、いるのか？　それに、部下って……。

「むかしの駅長さんっていったら、相当えらいはずですもの。家庭のことなんか、職場では見せなかったと思いますわ」

フクサも言った。

「おじいさんが亡くなったあとも、おばあさんはあの伝言板に手紙を書いていた。子どものころに作った、思い出の暗号で、おじいさんが勤めていた駅の伝言板に……」

「泣かせる話じゃの」

タマじいが鼻をすするような音を立てる。

泣いてる……の？　石なのに、どこから水が……？

「増田くんは、おばあさんから暗号のことを聞いたんだね。おばあちゃんっ子だって話だし」

鳥羽が言った。

「そういえば、青木くんが、言ってたよね。増田くん、小さいころからよくおばあちゃんに連れられて、坂木駅に行ってた、って……」

わたしも思いだして言った。

「増田くんも鉄道好きだから、電報略号に興味を持ったはず。それで、暗号を使えるようになった。そして……」

鳥羽が大きく息をした。

「おばあさんが倒れてしまった」

わたしはつぶやいた。

「じゃあ、伝言板が荒ぶったのもそれが原因？　おばあさんの病気が心配で……？」

「かもしれないね。伝言板と増田くんちのつながりは、おじいさんが生きてたころからはじまっていたのかもしれないし」

「けど、だとしたらどうすればいいの？　おばあさんを回復させるなんて、できるわけないよ」

わたしは言った。

「うん。でも、伝言板をしずめないと、もの忘れ騒動はずっと続くし……」

鳥羽がうーんとうなった。

「ずっとは続かないよ」

男の子の声がした。はっとしてあたりを見まわす。

教室の入り口に、律《りつ》くんが立っていた。

「ああっ、律。なによ、なんか用？」

「別に。ただ、ちょっと通りかかっただけ。伝言板のものだまがどうの、って話が聞こえてさ。なんにも知らないみたいだから、教えてやろうと思って」

律くんがにやっと笑った。

「なによ。なんにも知らない、って、それ、どういう意味？」

鳥羽がじろっと律くんを見た。

「あの伝言板は、近々撤去されるんだ」

律くんが言った。

「撤去？」

鳥羽が驚いた声をあげた。

「今度あそこにコンビニを作るらしいんだ。だから伝言板も、もうすぐ取りはずされるんだよ」

「使用者もほとんどいないようですし、板面もかなり傷んでいました。撤去されてもふしぎはないと思います」

ルークのクールな声がした。

「嘘？」

鳥羽はぽかんとしている。

「嘘じゃない……みたいだよ」

わたしは小声で言った。

「タマじいも、『道しるべの石』ってものだまから、その話、聞いたって」

「『道しるべの石』？」

　フクサが訊いてくる。

「そうじゃ」

　タマじいの声がした。

「おまえたちは知らんかもしれんが……。坂木駅ができる前からいる古いものだまじゃ。そやつが、駅の改修業者の連中の話を聞いておってな」

「そんな……わたくしは全然……」

　フクサがくやしそうに言った。

「『道しるべの石』がなにかは知りませんが、改修後の予定図はホームに掲示されていました。それを見れば、伝言板がなくなることは自明です」

　ルークが言うと、フクサが、くっ、とつまった。

「ぼくは塾に通うんで、週に二回駅を使ってるからね。コンビニができるらしいっていうのは知ってた。そうか、あの伝言板、ものだまがついてたのか」

　律くんが笑った。鳥羽が唇をかんでいる。うっかりしていた。駅を調べたとき、わたしたちはものだまがついていそうなものばかり探してた。貼り紙にまで気がつかなかったのだ。

「そういえば、最近駅で迷子になる人が増えてるとか、噂になってたな。あれか。あれの原因は伝言板だったのか。どうせ、伝言板がなくなれば、あれは自然におさまるんだ。困る人もいるだろうが、いまのところ重大な事故が起きたわけじゃない。どうせあと二、三週間なんだ。そのくらいの期間、放っておいたっていいだろう」

律くんが言った。

「じゃあ……もし伝言板がなくなっちゃったら、増田くんはどうやっておじいさんにメッセージを送るの？」

わたしは小声で鳥羽に言った。

「メッセージ？　おじいさん？　なんの話だ？　やっぱり増田をつけまわしてたのも関係あったんだな？」

律くんがわたしをじろっと見た。

「あんたには関係ないでしょ」

鳥羽が言った。

「まあ、なんでもいいよ」

律くんはそう言って、すっと目をそらした。

「とにかく、そういうこと。つまり、もうなにもする必要はないんだよ」

「でも……」

わたしは言った。

「きみたちは、いったいなにがしたいんだ？　さっきも言ったけど、怪異現象は放っておいても自然におさまるんだ。それでいいだろう？」

律くんの言葉に、なにも答えられなかった。

「おまえさ、そういうおせっかいなとこ、いいかげん直したら？」

鳥羽に向かってあきれたように言って、ため息をつく。

「世の中にはね、どうにもならないこともあるんだよ。いや、どうにもならないことの方が多いんだ。古くなったものがなくなるのは、しかたないことじゃないか」

律くんが冷たい声で言った。

「そう思わないか？」

律くんがわたしの方を見る。

「わたしは……」

言葉につまった。

「でも、そしたら、伝言板のものだまは？　荒ぶったまま取りはずされるなんて、かわいそうじゃない？」

わたしは言った。

「伝言板のものだまが荒ぶってるのは、自分が取りはずされるからだろ?」

ちがう。——そう言い返したかった。伝言板は、そんなことで荒ぶってるんじゃない。増田くんとおばあさんのことを心配してるんだ。

「かわいそうだとは思うよ。だけど、しかたがない。時代の流れっていうのかな。もう、伝言板はいらないんだ」

伝言板はいらない。律くんの言葉に、身体がぎゅっとかたまった。

「そうですね」

ルークの声がした。

「ものだまをしずめたいというお気持ちはわかります。でも、伝言板を取りはずすことはとめられません。そのことで思い悩むのは……合理的とは思えません」

「そういうことだよ」

律くんは顔だけこっちをふりかえって言うと、教室を出ていった。

「なんなんですの、あの態度。ものにも言いようが……」

フクサがぷりぷり怒った声で言った。

「ほんと腹立つ」

それまでじっと黙っていた鳥羽が、机をどんとたたいた。

「『おせっかい』『時代の流れ』？　なによ、こっちが気づかなかったことをちょっと知ってただけでいい気になっちゃって。なにさまのつもりよ」

鳥羽がぽかぽか自分の頭をたたいた。伝言板撤去の話に気づかなかったことがよほどくやしかったのだろう。律くんと話しているあいだ黙りこんでいたのも、そのせいかもしれない。

「こうなったら、意地でも解決してやる」

鳥羽の鼻息が荒くなった。

「いいわね、七子」

「あ、う、うん……わかった……けど……」

いったいどうなったら解決なんだろう？　全然わからなかった。

「とにかく、いったんランドセルを置いて、駅に集合」

鳥羽が力強く言った。

11　そば屋のおじさん

家にもどり、部屋でランドセルをおろした。

「もしかして……ぼく、また、留守番？」

ランドセルがしょんぼり言う。

「しかたがないでしょ、学校の規則なんだから」

「それはわかってるけど……」

ランドセルはぶうっとむくれた。

「どうしたの？」

声がした。トランクだ。この部屋で机がわりに使っているこのトランクには、ものだまがついている。やさしいおばあさんのものだまだ。

「だって、つまんないんだもん。ようやく暗号が解けて、さあこれから、ってときにさ」

「まあ、それは残念ですね」

ランドセルをなだめるように言う。

「でも、よかったですね、暗号、解けたんですか」

「うん、解けた。けど、あんまり解決に近づいた、って感じじゃないな」

わたしは、はあっとため息をついた。

「どういうことですか？」

わたしはトランクに、伝言板の事件でわかったことを話した。

暗号を作ったのが増田くんのおじいさんだということ。おじいさんが亡くなったあとも、おばあさんが伝言板に暗号の手紙を書き続けていたこと。おばあさんが倒れて、増田くんが伝言板に「おばあちゃんを助けて」という暗号を書いていること。そして、伝言板がもうじき撤去されること。

「そうだったんですか……」

トランクがふう、と息をつく。

「その暗号、ちょっと見せていただけますか」

トランクが言った。

「うん、いいよ」

暗号と解読文を読むと、トランクは目を細めた。

「この手紙……。天国のおじいさまも、喜んでいたでしょうね」

トランクがほほえんだ。

「え、どうして？」

「早くに亡くなって、おじいさまもあとのことが心配だったでしょうから。息子さんが結婚されたと知れば、きっと安心なさったでしょう、やさしいおばあさまですね」

そうか……わたしはもう一度、文を見直した。

おばあさんは、伝えたかったんだな、おじいさんに。そう思ったら、ちょっと鼻の奥がつんとした。

「でも、この暗号で書くの、大変そう。なかなか覚えられるものじゃないよね。いくら電報略号にくわしくても、さらさらっとは書けないし、読めない」

わたしが言うと、トランクがくすくす笑った。

「そこがよかったんじゃないですか。ちゃんと家で表を見ながら準備して、受けとった方も表を見ながら解く。パズルみたいに解いて、ようやく文があらわれる。そこが楽しいっていうかね」

「そうか……そうだね」

「きっとわくわくしますよね。子どものころのことを思いだしたりもしてたんじゃないでしょうか」

トランクがしずかに目を閉じる。

トランクらしいな、と思った。トランクはロマンチックな性格なのだ。

「きっと、伝言板のものだまも、しあわせだったんじゃないでしょうか。こんなすばらしい手紙を届けるという仕事があったんですから」

「そうだね」

「きっと満足していると思います」

「じゃあ、やっぱり、荒ぶってしまったのは、おばあさんのことが心配だったからかな」

トランクは少し目を閉じてから、もう一度目をあけた。

「どうでしょう？　少しちがうような気がします」

「ちがう？」

「ええ。もちろん、心配だと思います。でも、人が病気になるのはしかたのないことです。つらいけど、それで荒ぶったりはしないような……」

「じゃあ、どうして？」

「よくわかりませんが……心残り、っていうんでしょうか。おばあさまが回復されたかわからないまま、自分がいなくなるのがつらい、とか……」

トランクが考えながら言う。

「そうじゃな」

タマじいの声がした。

「ものだまも人も同じじゃ。寿命はちがうが、時が来ればいなくなる。あの坊主のおばあさんも……もし亡くなるとすれば寿命なのかもしれん。伝言板だって、そのことはわかっておるはず」

「もしかしたら、増田くんのことを心配しているのかもしれませんね。増田くんの声をおじいさまに届けられない、増田くんを励ますことができない。それをくやしく思っているのかも……」

トランクが言った。

「あの伝言板も、寿命なんじゃな。もう役割を終えた。あのおばあさんと坊主の手紙をのぞいてな」

タマじいが、ふう、と息をつく。

「わしも何度か、ものだまが消える瞬間に立ち会ったことがある。満足したものだまは、だれもうらんだりはしない。でも、少しだけさびしそうな顔をする。そして……」

タマじいは、そこで少し黙った。

「最後に、ありがとう、と言うんじゃよ。なにに対してかはわからんがの。そう言えたものだまは、最後に一瞬かがやく。それはそれはうつくしくな」

タマじいは、目を閉じた。

「じゃが、すべてのものだまがそうなるとはかぎらん。思いを残して、しぼんでいくものもあるし、荒ぶったまま消えていくものもある。これも、人と同じじゃ。どうにもならない」

荒ぶったまま消えていく。

伝言板がそうなるのは絶対いやだ。なぜかそう思った。

走って駅に向かう。中央改札の前で鳥羽《とば》と落ち合った。

「これからどうしようか……」

ちらっと伝言板を見る。そのとき、うしろから声をかけられた。

「お嬢ちゃんたち」

ふりかえると、そば屋のおじさんだった。お店のなかから手招きしている。

「その後、どうだい？　暗号は解けたかな？」

店の前まで行くと、おじさんがにこっと笑って訊いてきた。

「解けました」

鳥羽が、あっさり言った。

「嘘だろ？」

おじさんが乗りだしてきた。

「ほんとに解けたのかい？」

興味しんしんという顔だ。鳥羽はもう一度こくっとうなずいた。

「すごいな」

おじさんが店の前まで出てきた。

「よかったら、解き方を教えてくれないか？」

「いいですよ。ちゃんと、暗号の対応表もあります」

鳥羽が得意そうに言った。

「実はさ、ほかにも暗号文がいくつか見つかったんだよ。この前のやつから何年かたって、ミステリ好きの大学生バイトが入ってね、いっしょに暗号解読にチャレンジしたときがあったんだよな。そいつは大学出て店をやめちゃったんだけど……。その対応表っていうのがあれば、こっちも読めるってことだな」

「そうですね、たぶん」

「そうか……。ほんとだとしたら、これで長年の謎が解ける。おーい」

おじさんが店の奥にいる店員さんに向かって声をかける。

「ちょっと、店あけるけど、いいか？」

「わかりました」

店員さんの答えが返ってくる。

おじさんはひきだしをがさごそさぐって、紙を取りだした。いっしょに外に出て、並びのパン屋のイートインコーナーに入った。

「つまり、こいつはおばあさんから、亡くなったおじいさんへ宛てた手紙だったたってわけだな」

おじさんは解読された文と、対応表を見おろして言った。

「それにしても……よくわかったな。すごいよ、お嬢ちゃん」

「ま、それが仕事ですから」

鳥羽が、おじさんに買ってもらったジュースを飲みながら答えた。

「で、あたらしく出てきた暗号を見せてもらえませんか？」

「あ、そうだった。これこれ」

おじさんが大きなポケットから紙を出した。対応表を使って、三人で暗号を解く。


多香子《たかこ》さん、無事出産。

母子ともに元気。


名前は透《とおる》。

秋夫が決めました。


透、なかなか寝なくて、大変です。

秋夫のときのことを思いだします。


透、首がすわり、泣く声も大きくなりました。

笑うと、あなたに少し似ています。

ずるずるっという音がした。なんだろう、と思って顔をあげると、おじさんが涙ぐんでいる。解き終わった暗号を並べて見たとたん、うわああ、と声をあげて、おいおい泣きはじめた。

まわりのお客さんが、ふしぎそうにこっちを見た。

「あの……大丈夫ですか」

鳥羽が困ったように言う。わたしはポケットからハンカチを出して手渡した。見かけによらず、涙もろい人らしい。

「あ、ありがと……」

涙をぬぐってそう言い、ハンカチをこっちにさしだす。

「なんか、いろいろ思いだしちゃってさ」

拭いたはずなのに、またじわっと目尻に涙がたまってきている。

「あの伝言板、毎日いろんなことが書かれてたんだよ。ほとんどは、ふつうの連絡だったけど、なかには、ケンカした友だちにあやまる文とか、なかなか会えない恋人を気づかう言葉とかさ。片思いの告白とか、大事な願いごと……」

おじさんが宙を見あげる。涙をこらえているみたいだ。

「ときどき、いっしょうけんめい伝言板に字を書いてるうしろ姿を見かけると、なんかこう、応援したくなっちゃったりして……」

こぶしをかため、またぼろぼろ泣きはじめた。ハンカチを渡す間もなく、ぐしぐしとシャツの袖で涙をぬぐう。

「朝はまっさらなのに、時間がたつにつれて、だんだんうまっていって、夜には文字がぎっしりになる。いろんな人がいろんなこと思ってるんだなあ、って、それ見てるだけで、なんか力が湧いてくるんだ」

そう言って、伝言板の方を見た。いまは、伝言板の前に立つ人はいない。みんな、前を素通りしていく。増田くんの書いた暗号だけが、ぽつんとうかんでいる。

「朝から晩まであの店で働いてるだろ？　駅にはいろんな人が通る。いつも見かける人が元気なかったりすると、なぜか心配になっちゃったりしてね。全然知らない人なんだけどさ」

おじさんが照れ笑いした。

「伝言板は、みんなのそういう思いを受けとめて、ずっとあそこにあったんだよなあ」

おじさんがそうつぶやいたとき、携帯電話の音がした。

「おっとっと。店からだ」

おじさんが携帯を見て、立ちあがった。

「ごめんな、そろそろもどらないと」

おじさんが言った。もういつもの顔だった。

「ありがとうな、お嬢ちゃんたち。これで七ふしぎのひとつが解決したよ。でも、まだまだ謎はたくさんあるからね。また店に遊びにきてくれよ」

おじさんは手を振って笑うと、お店に帰っていった。


「ねえ、七子《ななこ》」

パン屋さんの外に出ると、鳥羽は立ちどまって伝言板を見た。

「律《りつ》のやつは、伝言板は自分が撤去されるのがこわくて荒ぶってるんだ、とか言ってたけど、それはちがうと思うんだ」

「わたしも。タマじいやトランクも言ってた。伝言板は、自分がなくなったあと、増田くんたちがどうなるか心配してるんじゃないか、って」

わたしが言うと、鳥羽は深くうなずいた。

「わたし、タマじいたちと話して……このまま終わるのは、絶対やだ、って思ったんだ」

「そうだね。心残りがあるんだったら、なんとかしてやらないと。きっとそれも、ものだま探偵の仕事なんだよ。それに……」

鳥羽がじっと黙り、唇をかむ。

「それに？」

わたしは訊いた。

「……律には、絶対、負けたくない」

鳥羽が言った。

は？

そこ？　まだそこにこだわってるの？

真剣な鳥羽の表情を見て、思わず笑いそうになる。

「なによ？　なんか、おかしい？」

鳥羽がちょっとふくれた。

「あ、ううん、そんなこと……ないよ」

ごまかして、手を横に振った。

「でも、どうしたらいいんだろう、これから」

わたしは言った。

「そうだなあ」

鳥羽はうえを見あげ、じっと考えこんでいる。

「明日の朝、もう一度ここに来てみるか」

しばらくして、鳥羽が言った。

「え？」

「増田くんと話す」

「えっ？　なにを？　増田くんにものだまのこと、話すの？」

「それは……」

鳥羽が口ごもった。そんなこと言っても信じてもらえないだろうし、解決につながるとも思えない。いったい、どうしたら……。

「わからない。その場で考えるよ」

鳥羽は力の抜けた顔で、にっと笑った。

頼りになるんだか、ならないんだか……。

わたしもなんだか、急に身体の力が抜けた。

……きっと大丈夫だ。なにしろ、鳥羽は名探偵なんだから。

そんな気がして、わたしもくすっと笑った。

12 おじいさん

次の朝、前と同じ時間に駅で待ち合わせをした。緊張しているせいか、この前とちがって、すぐに目がさめた。

家を出る前に、忘れちゃいけない約束ごとは全部メモした。きのう鳥羽《とば》に言われたのだ。伝言板に近づくのに備えて、そうしておくように、と。

駅に着いたとき、鳥羽もちょうどやってきた。あいさつしたきり、なにも言わない。わたしもなにもしゃべらなかった。

ここに来るまでのあいだ、わたしなりに増田くんに話すことを考えてみた。でも、なにもうかばなかった。

しばらくして、北口の方から増田くんがやってきた。隠れるのかな、と思ったけど、鳥羽は動かない。増田くんがわたしたちの姿に気づいて、足をとめた。

「桜井《さくらい》さん。ええと、きみは……?」

増田くんがわたしを見る。

「桐生七子《きりゅうななこ》よ。うちのクラスの転校生」

鳥羽が答えた。

「こんな時間に、なにしてるの？」

増田くんに訊かれ、鳥羽はしばらくじっと黙っていた。わたしもなにも言えず、鳥羽の横顔を見た。

「……あのさ、増田くん」

急に鳥羽が口を開いた。

「なんだよ？」

「この伝言板にカタカナの暗号を書いてたの、増田くんだよね」

うわっ、と思った。いきなり⁉　直球？

鳥羽は無表情だ。じっと増田くんの顔を見ている。

増田くんは、すっと目をそらした。

「関係ないだろ？」

増田くんが横を向く。

「『おばあちゃんを助けて』」

鳥羽がずばっと言う。増田くんの顔がぴくっとした。

「電報略号を使った暗号。たぶん、駅長さんだったおじいさんが考えたものだよね？」

鳥羽はまっすぐに増田くんの顔を見た。

「ど、どうしてそのこと……？」

増田くんがこわばった顔になる。

「だって、最近ずっと書いてあったもん。それしか書いてないから目立つし、気になっちゃってさ」

鳥羽がちょっと首をかしげて、くすっと笑った。

「べ、別にいいじゃないか。伝言板なんだから、だれがなに書いたって……」

増田くんはちょっと怒ったように言った。

「あのさ、増田くん。この伝言板、もうじき撤去されるんだよ。知ってた？」

鳥羽が言った。

「テッキョ……？」

増田くんは、なにを言われたのかわからなかったみたいに、ぽかんとしている。

「テッキョって……まさか、撤去？　嘘だろ？」

増田くんが言った。

「ほんとだよ」

「なくなるってこと?」

増田くんは呆然としていた。

「ね、増田くん。あの暗号、おじいさんに宛てたものだったんでしょ?」

「え?」

増田くんの表情がかたまった。

「なんなんだよ、さっきから」

急に怒った声になる。わたしはびくっとした。

「暗号を解くとかさ、おまえ、探偵のつもり? 人には秘密にしたいことだってあるんだよ。それをのぞき見して……ひどいよ」

増田くんがうつむく。

「ちがうよ、そうじゃないの、わたしたちは……」

わたしは言いかけて、とまってしまった。律《りつ》くんの言ってた「おせっかい」という言葉が頭にうかんだ。

「遊びじゃないんだ。ぼくは……おばあちゃんが病気で……ずっと目をさまさなくて……」

「そうだったんだ……」

鳥羽が低い声で言った。

「おばあさんもこの伝言板に暗号の手紙、書いてたんだよね？」

増田くんがはっと顔をあげ、鳥羽を見た。

「なんで……なんでそんなことまで知ってるんだよ？」

「ごめんね。でもわたし……」

鳥羽はそこまで言って、息をついた。

「実はほんとに……探偵なんだ。この町のふしぎなことを調べる探偵。こう見えて、わたしもけっこう……本気なんだ。本気で探偵をやってる」

まじめな顔で言って、最後に、にこっと笑った。

「探偵？」

増田くんが首をひねる。

「なんだよ、それ……探偵って……。けど……ほんとにあの暗号を解いたんだったら……。あの暗号のこと知ってるのは、おばあちゃんとぼくだけのはず……」

増田くんはぶつぶつつぶやきながら、ちらっと鳥羽の顔を見た。

「解いたんだよ」

鳥羽がじっと増田くんの目を見る。

「どうやって？」

「いろいろ。でも、ほんとは、増田くんが書いてたやつだけじゃ、解けなかった。駅で聞きこみしてて、むかしの暗号を写していた人に会ってね」

「むかしの暗号？　嘘？　なんて書いてあったの？」

「秋夫《あきお》さん……増田くんのお父さんの名前だよね。秋夫さんが結婚したときのこととか、増田くんが生まれたときのこととか……。きっと、おばあさんが書いてたんだよね。亡くなったおじいさんに宛てて」

「ぼくが……生まれたときのこと……？」

増田くんが息をのむ。

「お父さんが名前をつけたとか、おじいさんに似てたとか、なかなか寝なくて大変だったとか……。ほかにもいろいろ知ってるよ。暗号を作ったのは、子どものころのおじいさんだってこと。おじいさんが作った『鉄道旅行日本一周計画』も古川先生から見せてもらった」

鳥羽が言うと、増田くんは大きく目を見開いた。

「増田くん、ずっと書き続けてたんだよね。おばあさんが倒れてから、毎朝、ひとりでここに来て」

「……そうだよ」

増田くんがうつむく。

「こんなこと言ったって、だれも信じてくれないと思うけど……。っていうか、ぼく自身、本気で信じてたわけじゃ、ないんだけど……。おばあちゃんが言ってたんだ。この伝言板は、おじいちゃんに声を届けてくれるんだって」

声が少しふるえていた。

「信じるわけないよね。でも、おばあちゃんは信じてたんだ。だから、うれしいことや伝えたいことがあると、いつもこの伝言板におじいちゃんに宛てた手紙を書いてた。それに、困ったときや迷ったときも。そうすると、ふしぎと心が落ち着くんだ、って」

増田くんが顔をあげ、天井を見た。

「ぼくのおじいちゃん、ぼくは会ったことないけど……とっても頭がよくて、冷静で、立派な人だったんだ、って。おばあちゃん、言ってたんだ」

目を大きく開いて鳥羽を見た。

「おじいちゃんは、ぼくが生まれる前に死んじゃったけど……。ぼくはおばあちゃんに連れられて、よくここに来たんだ。おばあちゃんはいつも、この伝言板におじいちゃんへの暗号の手紙を書いてた。なにしてるの、って訊くと、おまじない、って言って笑って……」

鳥羽はなにも言わず、増田くんの話を聞いている。

「おばあちゃん、ぼくに暗号を教えてくれた。お父さんにはないしょでさ。お父さんは、あんまり鉄道に興味がないんだ。でも、ぼくは小さいころから電車が大好きだったから……おじいちゃんと作った秘密の暗号、透《とおる》にだけ教えてあげる、って……」

「暗号を作ったの、『鉄道旅行日本一周計画』を練ってたときなんでしょ?」

鳥羽が言った。

「どうしてわかったの?」

「勘だよ。探偵の」

「へえ……。おまえ、もしかしたらほんとに名探偵なのかもな。そうだよ、小学六年の夏休み。あの計画を練ってるとき、おじいちゃんが電報略号を見て、これ暗号にできないかな、って言いだしたんだって。おじいちゃんはさ、東海道線の電報略号、東京駅から順番にそらで言えたから」

「さすがだね」

鳥羽が笑った。

「うん。けどさ、ほかのメンバーにはそんなことできないから。おばあちゃん、笑いながら言ってたよ。ややこしくて何度書いてもちゃんと覚えられない、って。ずいぶん覚えたけど、それでもまだ表を使わないと書けない、って。ぼくも手伝ったんだ、何度も。おばあちゃんが書いた手紙を暗号に直すの。お父さんとお母さんの帰りが遅い夜、家で、ふたりでさ。そのうち、ぼくの方が電略をすっかり覚えちゃって……。おばあちゃんより暗号を書くの、早くなったんだ……」

増田くんが笑った。

「でも、おばあちゃんが倒れちゃって……」

すぐに増田くんの顔から笑みが消える。

「だから、ひとりで手紙を書きにきてたんだね」

「そう……。どうしたらいいかわからなかったんだ」

泣きそうな顔になる。

「だれかに助けてほしくて……おばあちゃんがいなくなったらどうしよう、って、こわくて……でも、どうしたらいいかわからなくて……気がついたら、暗号文を作ってここに来てた」

増田くんは伝言板を見た。

「ほかに思いつかなかったんだ……本気で信じてたわけじゃない。おじいちゃんに声が届くなんてありえない。それに、死んだおじいちゃんがおばあちゃんを助けられるわけじゃない。……わかってたんだ、でも……」

「わかるよ」

鳥羽が言った。

「この伝言板はさ、長いことずっといろいろな人の気持ちを受けとめて、届けてきたんだよ。おばあさんも、おじいさんも、そのことを知ってた」

鳥羽は伝言板をなでた。

「うん。おばあちゃんもよく言ってたよ。伝言板を見ると、心が落ち着くって。むかし、伝言板にはいろんなことが書かれてたんだって。ときどき、ごめんね、とか、元気、とか、だれかに気持ちを伝えるものとか、かわいい絵とかもあって……」

増田くんは顔をあげ、うえを見た。

「そういうの見ると、心がぽっとあったかくなるんだ、って。駅にはたくさんの人がいる。せかせかして、外から見ると心なんてないみたいに見える。だけど、ほんとはみんな心を持ってて、だれかに伝えたい思いがあるんだって、おばあちゃん、言ってた」

そば屋のおじさんの話と似てる。

「おばあちゃん、いつもここに来ると、ほんとにうれしそうな、ほっとしたような顔になるんだ。ぼくは、その顔を見るのが好きで……」

増田くんがそっと伝言板をなでた。

そのとき、どこからか声がした。

「……透くん、ごめんな」

鳥羽が、はっと伝言板を見た。わたしも、伝言板を見た。

伝言板だ。伝言板に、ぼんやりにじむように顔がうかんでいた。

おじいさんの顔だ。まじめで、やさしそうな顔だった。

「いま……なんか聞こえた」

増田くんが言った。

「名前を呼ばれたような気がする……。だれ?」

増田くんがあたりを見まわす。だれもいない。

まさか……増田くんにも……聞こえる?

「……わたしも、むかしは、少しは人の役に立ってたんだ。ここに書かれたなかには、大事な手紙だってあった。わたしはそれを全部ちゃんと伝えたくて……」

　伝言板が言った。

「どこ？」

　増田くんはふらっと伝言板の前から離れ、あたりを捜しだした。どうやら、ちゃんと聞こえるわけじゃないらしい。

「でも、もう終わりだ」

　伝言板がふっとさびしそうな声になる。鳥羽とわたしはじっと伝言板を見つめた。

「もしかして……きみたちは……。聞こえるのか？」

　伝言板の顔がわたしたちを見た。ふたりでうなずいた。

「荒ぶってたのは、あなたですよね」

　鳥羽が言った。

「すまなかった。やろうと思ったわけじゃないんだ」

「知ってます。荒ぶってるものだまは、みんなそう。つらくて、心がかたまったみたいになって、力をコントロールできなくなって、自分でも気がつかないうちに、まわりの人に影響が出ちゃう」

「みんなに迷惑をかけてしまって……自分でも情けない。でも……あの伝言を伝えられないまま、消えていくのかと思うと、歯がゆくて……気づかないうちに、こんなことに……」

伝言板は、消えいるような声で言った。

「つらかったんですよね」

鳥羽がやさしく言った。伝言板がゆっくりと目を閉じる。

「わたしに最初に話しかけてくれたのは、若い駅員さんだった。この駅に配属されたばかりで、一日の最後にわたしに書かれた文字を消すとき、いつも『お疲れさん』と言ってくれた。『今日も一日がんばったね』と……。わたしには、伝言が全部ちゃんと相手に届いたかはわからない。心配でたまらないときもあった。でも、駅員さんにそう言われると、ちょっと安心したんだ。駅員さんには、わたしの声は聞こえなかったけどね」

伝言板はなつかしそうに言った。

「しばらくして、わたしは、駅員さんが伝言板のなかのひとつをじっと見ていることに気づいた。それが、このカタカナの暗号だったんだよ。駅員さんはそれを見つけると、長いことじっと見つめてから笑ったり、申し訳なさそうな顔をしたりしてたなあ。わたしも気になって、だれが書いているのか一日じゅう心待ちにして……ついに見つけたんだ。若い女の人だった。駅員さんが結婚したんだ、と気づいた。奥さんはね、駅員さんの帰りが遅いとき、ここに駅員さんへのメッセージを書いていたんだよ」

伝言板がくすっと笑う。

「それから駅員さんは、駅を離れた。車掌になるんだ、って言ってたっけ。わたしは少しさびしくなった。でも、ときにはわたしに話しかけてくれる人もいたしね。もちろんわたしが返事をしても、聞こえる人は少なかったが、わたしには伝言を届ける大切な仕事があると思って、がんばってきたんだ。

そして、ある日、駅員さんが帰ってきた。あの駅員さんが、駅長としてこの駅にもどってきたんだ」

鳥羽もわたしもなにも言わず、伝言板が話すのを聞いていた。

「駅長さんと奥さんの暗号がまたときどき書かれるようになった。ふたりとも年をとっていたけど、わたしはうれしかったよ。でも、あるとき……駅長さんが来なくなった」

伝言板が大きく息をついた。

「駅長さんが亡くなったと知ったのは、何日かたってからだよ。駅員さんが話しているのを聞いたんだ。そのころからだった。奥さんが毎日伝言を書きにくるようになったのは。前は週に一度くらいだったのに、毎朝来るんだ。そして、あの暗号を書いていく。気の毒でね。でも、年月がたつにつれて、奥さんはしだいに笑顔をとりもどして……そのうち、赤ん坊を抱いてやってくるようになった。ああ、お孫さんができたんだな、よかったなあって……」

伝言板がほほえむ。

「その子はどんどん大きくなっていった。自分で歩くようになって、しゃべるようになって……。よく奥さんと手をつないでここに来た。楽しそうに鉄道の話をしてたっけ。奥さんも、透は子どものころのおじいちゃんにそっくりだ、って、うれしそうに言ってたよ」

そこまで言うと、ちょっと黙った。

「だけど……。少し前から、あの子がひとりで、朝早くやってくるようになった。そして、泣きそうな顔で暗号を書いて、言うんだ。『おじいちゃんにこの暗号を伝えて』って。でも、わたしはなにもできなかった。奥さんが倒れて入院してるのもわかった。でも、なにもできなかった。情けない」

ぎゅっと目を閉じる。

「そんなこと、ないよ」

わたしがそう言ったとき、増田くんがもどってきた。

「気のせいだったのかな。なんか、呼ばれたような気がしたんだけど」

そう言って、もう一度あたりを見まわした。

「ごめんな」

伝言板が小さな声で言った。増田くんが、え、と言ってふりむいた。

「せめて、言ってやりたかった。駅長さんのかわりに、透、がんばれ、って……」

伝言板がそう言ったとき、増田くんが伝言板を見た。

「おじいちゃん？」

増田くんが言った。

「そんなはず、ないよな」

首を振って、はずかしそうに笑った。

「変だな。なんでだろ？　いま、おじいちゃんの声が聞こえた気がした。透、がんばれ、って」

増田くんがそっと伝言板をなでる。

伝言板が、あっ、という顔になった。

「もしかしたら……」

増田くんが伝言板をじっと見た。

「伝言板、ぼくの気持ち、ほんとにおじいちゃんに届けてくれたのかもしれないな」

そう言ってから、ほっとしたように笑った。

「まさかね。そんなことあるはずないってわかってるけど。でも、なんか……ひとりじゃない、って気がした」

増田くんに言われて、鳥羽も笑った。

そのとき、なにかがふわっとゆるんだ気がした。どこからか花のようなにおいがして、まわりの空気がやわらかく、あたたかくなった。

伝言板の目に涙のようなものがうかんでいる。涙はどんどんあふれ、空気のなかにふわっととけていった。

「大丈夫ね」

鳥羽が言った。

「うん。たぶん……伝言板はおさまりましたわ」

フクサの声がした。

「すまなかったね」

伝言板の声がした。おだやかな声だった。

鳥羽や増田くんと別れ、いったん家にもどった。自分の部屋に入ると、急に眠気がおそってきた。そのまま吸いこまれるように寝てしまい……。

またしても遅刻ぎりぎりで登校した。

教室に入ったとたん、鳥羽がかけよってきた。

「七子。遅かったね」

「ごめん……また寝ちゃって……」

「そんなことより、聞いてよ」

わたしの言葉をさえぎって鳥羽が言った。

「増田くんのおばあさん、目をさましたんだって」

「ほんとに？」

びっくりして、思わずとびはねそうになった。

「家に帰ったら、すぐ病院から電話があって……意識がもどったって。まだちょっとぼうっとしてるけど、元気で、頭もしっかりしてるらしいよ。今日学校が終わったら、お父さんとお母さんといっしょに病院に行くんだって」

鳥羽がうれしそうに言った。

それから二週間がたった。

増田くんのおばあさんは、順調に回復し、退院したらしい。

増田くんの話では、おばあさんは、意識がもどる前に、おじいさんの夢を見たのだそうだ。おじいさんに、おまえはまだまだこっちに来るのは早い、がんばれ、って言われて、そしたら目がさめたのだという。

増田くんとわたしたちが廊下で話しているところに律《りつ》くんが通りかかり、ぷいっと顔をそむけて行ってしまった。

鳥羽は、勝った、と言って、にやっと笑った。

勝った……っていうのかな、あれ。

それに、この際、どうでもいいんじゃないか、そんなこと。

そう思ったが、鳥羽にとっては大問題らしい。そういうところはちょっと「せこい」というか……。

ともかく、もの忘れ事件は解決したのだ。伝言板はきちんとおさまり、約束や待ち合わせを忘れてうろうろする人はいなくなった。

伝言板が撤去されるということだけは変えられなかったけど。

でも……。

あれから少しずつ、伝言板に伝言が書かれるようになった。そば屋のおじさんが、店のなかに、ポスターをはったのだ。

――むかし、伝言板のお世話になった人はいませんか？

ポスターには、もうすぐ伝言板が撤去されることが書かれていた。おそば屋さんは、むかしからこの駅を利用しているお客さんに、伝言板の話をした。インターネットでも呼びかけた。

そのおかげだろう、伝言板に伝言が書かれるようになったのだ。はじめは、ひとつ、ふたつだった。だが、しだいに数が増えていった。どれも、伝言板へのお礼や、お別れの言葉だった。むかしの思い出を書いていく人もいた。

そして、伝言板が取りはずされる前日の日曜日、わたしたちはおそば屋さんといっしょに伝言板に飾りつけをした。鳥羽と、増田くんと、わたし。

その日は、伝言板が端から端までうめつくされるほど、たくさん伝言が書かれた。わざわざ遠くからお別れを言いにきた人もいた。

増田くんのおばあさんもやってきた。まだ身体の調子が心配なので、増田くんのお父さんがつきそってきたのだ。

おばあさんは、たくさん書きこまれた伝言板を見て、むかしみたい、と笑った。

そして、隅の方に小さい字で、こう書いた。

ヤツシナモノオイコツ　フワマカフシカケシミモノヒタ

「がんばれ」

どこからか声がした。伝言板だった。

「元気でな」

増田くんとおばあさんに向かって。小さく、ふるえるような声だった。

家に帰って、暗号表を使って読むと、増田くんのおばあさんが書いていた「ヤツシナモノオイコツ　フワマカフシカケシミモノヒタ」は「もう少しがんばりますね」だったとわかった。

——もう少しがんばりますね。

——がんばれ。

伝言板の声を思いだす。

聞こえたか、聞こえてないかわからないけど……。

でも、通じたんじゃないかな。

なぜか泣きそうになった。


伝言板が取りはずされたのは、次の日の午前中のことだった。そば屋のおじさんから話は聞いていたのだけれど、鳥羽もわたしも増田くんも、学校があるから行けなかった。

だけど、お母さんと佑布《ゆう》さんは、タマじいとフクサを連れて、見にいったらしい。おそば屋さんや、ほかにも何人か、見送りにきた人がいた。工事の人がやってきて、伝言板に、お疲れさま、と言った。

そして、伝言板ははずされた。ひっそりと。

「それはそれは、きれいじゃったよ」

夜、タマじいが言った。

「ありがとう、って言ってな。ふわーっとかがやいて。まるで、光の国への扉が開いたみたいじゃった」

「そうだったんだ」
わたしは答えた。
少し、悲しかった。
——元気でな。
伝言板の声がした。タマじいの言う、光の国の扉が見えたような気がした。
またね。
心のなかでそう言って、目を閉じた。

解説　少女はことばで世界をつくる

千葉　聡

少女が引っ越すことから、物語は始まる。

モンゴメリの『赤毛のアン』では、アンがアボンリーという田舎町にやって来る。ウェブスターの『あしながおじさん』では、ジュディーが孤児院を出て、大学に入る。吉本ばななの『キッチン』では、桜井みかげが、同じ大学に通う田辺雄一の家に引っ越す。

そして主人公たちは、新しい環境に順応していく。アンは、おしゃべりの名人だ。実際にあったことも、想像したことも、その時々の感情の揺れも、なんでも面白く話せる。アンに慎み深さを教えようとしていた厳格なマリラも、アンのおしゃべりに耳を傾けるようになる。作家志望のジュディーは、大学生活のあれこれを「あしながおじさん」への手紙に綴《つづ》る。その率直なもの言いには、太陽に向かって咲く花のような魅力がある。みかげは、雄一や、彼の母との会話から、自分らしさを見いだしていく。

生きる強さを身につけていく。

少女たちは、ことばを紡ぎ出すことで自分らしさを発揮していく。思いをことばに表すことで、新しい世界で出会う大切な人たちを、まっすぐに愛し抜こうとする。だから読者は、アンやジュディーやみかげを好きになるのだ。

ほしおさなえの『ものだま探偵団』も、七子が引っ越すところから始まっている。昔、母が暮らしていた坂木町に移ってきた七子は、少し変わった鳥羽という少女と出会う。そして自分には、ものだま（ものに宿った魂のような存在）の声を聞く力があることに気づく。

古くて広い家での新生活。父母の大事にしてきた物に囲まれた毎日。通うことになった小学校には百年の伝統があり、坂木駅もどこかレトロな雰囲気を漂わせている。どうやらこの町では、ものだまの声が聞こえるらしい。

だが、ものだまは、いつも穏やかであるとは限らない。何か問題をかかえたものだまが「荒ぶる」とき、事件は起こる。さあ、ものだま探偵団の登場だ！

七子は、アンのように長々とおしゃべりしたりしない。ジュディーのように自身の意見を強硬に主張したりもしない。親や友だちの話をしっかりと受けとめる、考え深い少女だ。事件を解決するために、ものに寄り添い、ものだまの声を聞こうと、じっくり耳を傾ける。

人とかかわるなかでは、自分がしゃべるよりも、人の話を聞くほうが難しい。七子は、その難しいほうを得意とする、新しいタイプの主人公なのだ。


ほしおさなえさんとは、詩歌の朗読会でお会いした。私が短歌を詠み始めた二〇〇〇年ごろ、詩人や歌人や俳人たちが、カフェや書店で朗読するイベントが流行していた。さなえさんは、すでに詩集『夢網』を世に問うていた。詩を書くだけでなく、小説「影をめくるとき」で群像新人文学賞優秀作を受賞し、連句もたしなむという。私にとっては、マルチな才能を持つ憧れの先輩だった。

だいぶあとになって、じつは出身大学が同じだということが判明する。さなえさんは本当の先輩だったんだ！　武蔵野のたたずまいを残した広大なキャンパスのどこかで、もしかしたら私は、彼女を見かけたことがあったかもしれない。

そんなふうに身近に感じていたさなえさんだったが、知り合って間もなく『ヘビイチゴ・サナトリウム』が大きな話題となり、『活版印刷三日月堂』シリーズがベストセラーとなり、気がつけば、書店の棚に「ほしおさなえ」コーナーができるほどの人気作家になっていた。

詩歌の朗読会やイベントで、さなえさんと、なかなか会えなくなった。そのかわり、私は『活版印刷三日月堂』シリーズ、『菓子屋横丁月光荘』シリーズなどの小説を熱心に読むようになった。

どの本にも、ことばをだいじにする人たちが出てくる。彼らは、身近な誰かのことばを受けとめ、自分自身のエネルギーへと変えていくのだ。

最新シリーズ『言葉の園のお菓子番』では、亡き祖母の縁で連句を始めた一葉が、連句仲間とのやりとりを通じて、ことばの面白さ、豊かさに気づいていく。

ことばは、ただの音声や文字ではない。それを発する人の思いから生まれたものだ。ほしおさなえという作家は、ことばを、その奥にある思いを、何よりも大切にしている。その小説の登場人物たちは、どこかさなえさんに似ている。ページをめくれば、朗読会のあとの語らいで、駆け出し歌人の話を熱心に聞いて、励ましてくれた優しい先輩の面影がにじむ。

ここで、私から『ものだま探偵団』に短歌を捧げます。

君という謎と出会った　永遠よりちょっとだけ長いこの坂道で

　タマじいの座布団　家の人がみな眠ればシルクの輝きを増す
　　誰かへの、いや、ものだまへの伝言も書けます　夜明けの伝言板なら

　新たな世界で道を切り拓くために、ものだまの声に耳を傾けるようになった七子だが、じつは、ものだまの声とは、七子自身のこころの奥底の声であるかもしれない。ものに寄り添おうというまごころが、ものと自分とをつないでくれるのだから。ものだまとの対話で、七子は多くの気づきを得て成長するのだから。

　聞き役となり、鳥羽に振り回されることが多かった七子が、今後、どんな活躍を見せてくれるのか。ものだまも、母親も仲間になって、探偵団はにぎやかになっていく。

　今までの少女小説の名作をはるかに超える展開が待っています。七子の発することばにも、ご注目いただけますように。

　読者のみなさん、ぜひ、この文庫版『ものだま探偵団』シリーズを、引き続きお楽しみください。


（高校教師・歌人）

『ふしぎな声のする町で』は2013年7月、『駅のふしぎな伝言板』は2014年7月徳間書店より刊行されました。

カット　くまおり純
目次・中扉デザイン　木下容美子

徳間文庫

ものだま探偵団《たんていだん》

ふしぎな声のする町で
2022年4月15日 初刷
著者 ほしおさなえ
発行者 小宮英行
発行所 株式会社 徳間書店
東京都品川区上大崎三-一-一 〒141-8202
目黒セントラルスクエア
電話 編集〇三(五四〇三)四三四九
販売〇四九(二九三)五五二一
振替 〇〇一四〇-〇-四四三九二
印刷
製本 大日本印刷株式会社
ISBN978-4-19-894737-8 (乱丁、落丁本はお取りかえいたします)

徳間文庫の好評既刊

荻原規子

空《そら》色《いろ》勾《まが》玉《たま》

輝《かぐ》の大御神《おおみかみ》の双子の御子《みこ》と闇《くら》の氏族とが烈《はげ》しく争う戦乱の世に、闇の巫女姫《みこひめ》と生まれながら、光を愛する少女狭也《さや》。輝の宮の神殿に縛《いまし》められ、地底の女神の夢を見ていた、〈大蛇《おろち》の剣《つるぎ》〉の主、稚羽矢《ちはや》との出会いが、狭也を不思議な運命へと導く……。神々が地上を歩いていた古代の日本〈豊葦原《とよあしはら》〉を舞台に絢爛豪《けんらんごう》華《か》に織り上げられた、日本のファンタジー最大の話題作！

〈解説　中沢新一〉